DER SCHREI

Allitera Verlag
Die Schatzkiste

Ilse Behl

Geboren und aufgewachsen in der Nordheide südlich von Hamburg versuchte die Autorin schon früh, dem »Buchstabenwesen«, das sie überall entdecken konnte, auf die Spur zu kommen.
Sie wusste: In besonderer Weise mussten die Zeichen zusammengefügt unbedingt etwas mit ihrem Leben zu tun haben!
Die harte Arbeit im ländlichen Familienbetrieb stand einer länger dauernden Schulbildung leider im Wege, sodass Ilse Behl den Mut fassen musste, ihre eigenen Vorstellungen und Talente besser zu erkennen und in ihre Realität zu überführen: »Kreativität« hieß die Lösung.
Als sie viel später endlich ihr Lehrerinnen-Examen in Händen hielt, erkannte sie, dass ihr eigener Weg bereits Geschichten enthielt, Geschichten, die sogar Romancharakter hatten.
So fügten sich nun die Buchstaben allmählich willig wie Bausteine zu einem Gebäude zusammen: In einer besonderen Weise umkreisen die Protagonisten in allen Büchern ihr Selbst in den verschiedensten Lebenslagen und -Situationen.
Lesen und Schreiben wurden wechselseitig zu »Handlangern« ihrer literarischen Arbeit.
Ihre Erfahrungen gibt sie an wechselnde Kreise, auch Schulklassen (auf Wunsch) im Bundesgebiet oder in der Volkshochschule in Kiel bei »biografischen Recherchen« weiter.

ILSE BEHL

DER SCHREI

oder:

WER IST TIGER-MANUEL?

Allitera Verlag
Die Schatzkiste

Weitere Informationen über den Verlag und sein Programm:
www.buchmedia-publishing.de

Originalausgabe
August 2018
Die Schatzkiste
Ein Verlag der Buch&media GmbH, München

Umschlaggestaltung: Johanna Conrad
ISBN print: 978-3-96233-076-7
ISBN epub: 978-3-96233-077-4
ISBN pdf: 978-3-96233-078-1
Printed in Germany

INHALT

EIN WINTERHUHN MIT NAMEN NICOLA

Nicola Meyenstett lebt eigentlich mit ihren Eltern in Hannover, wo ihr Vater bei einer Forschungsfirma arbeitet und für unbestimmte Zeit mitten im Winter nach Nordafrika geschickt wird. Weil er sich nach einigen Wochen nicht mehr zu Hause meldet, reist die Mutter ihm voller Sorge nach. Die Zeit überbrückt das dreizehnjährige Mädchen bei der Großmutter in der Nähe Nürnbergs. Die Großmutter ist sehr bekümmert.

»Mein Kind, wie oft soll ich es noch sagen: Wenn die Schule aus ist, kommst du sofort nach Haus, damit ich mir keine Sorgen machen muss!«, mahnt die Großmutter täglich. Diesen Satz kennt Nicola auswendig. Wie spricht die Oma überhaupt mit ihr? Das Mädchen hält das nicht mehr aus. Heute bleibt Nicola vor der Haustür stehen. Mit den Winterstiefeln stößt sie ratlos gegen den unteren Holzbalken, den der Großvater vor zwei Jahren zur Verstärkung angebracht hat. Sie hört einen dumpfen Laut, der hoffentlich innen nicht nachhallt. Wie spät ist es denn? Sie hebt ihr Handy: vierzehn Uhr! Über eine halbe Stunde zu spät für ein gemeinsames Essen am Küchentisch. Nicola schluckt hörbar und klingelt endlich. Die Großmutter öffnet mit einem Ruck und beginnt sofort zu sprechen: »Wo kommst du her so spät? Wie siehst du überhaupt aus? Los, jetzt wasch dich, ich habe das Essen heute nicht warm gestellt. Sollte es ewig im Ofen stehen?«

»Ich war noch kurz an Holtmanns Teich. Die Wasserhühner haben ganz allein ein Loch im Eis geschafft. Jetzt können sie wieder tauchen ...«, versucht Nicola eine Erklärung.

»Genau wie ein Wasserhuhn siehst du auch allmählich aus. Alles hängt an dir, geh, schau in den Spiegel. Ich werde mich wieder aufs Sofa legen!«

Das »Winterhuhn« liegt auf einer gestreiften Bettdecke.

Mit dem neuen Handy in der schlaffen Hand wartet es. Worauf denn nur?

Das Telefon soll klingeln, natürlich, aber es ruft ja niemand an ... Die Freunde in Hannover sind zu weit entfernt. Man kann sich nicht einfach so treffen.

Wenigstens soll der Tag endlich zu Ende gehen.

Langeweile, lange Weile, jeden Tag aufs Neue.

Eine Stunde Fernsehen hat die Großmutter erlaubt.

Ab und zu lauscht Nicola zum Fenster hin:

Unregelmäßig fallende Regentropfen kündigen schon wieder schlechtes Wetter an, scheint es. Plötzlich hört sich etwas hart an, das sich am Fenster zu schaffen macht. Eisstückchen? Innerhalb weniger Sekunden verschwindet der graue Wettervorhang und es scheint das hellste Licht der Welt ins Zimmer.

Nicola ist noch dreizehn Jahre alt. Sie setzt sich ruckartig auf und schwingt beide Beine zugleich über den Bettrand. Was ist das für ein helles Licht? Jetzt ist sie sicher: Schnee und Frost gehen in ihren flüssigen Zustand über. Leise rieselt die Winterhärte davon. Dicke Tropfen, halb noch aus Eis, zerplatzen auf dem blanken Balkonboden nebenan. Auch die Dachrinne arbeitet: Das Blech knackt wie eine Dose unter dem Öffner.

Durchs Fenster aufblitzendes blankes Licht bringt Nicola in volle Fahrt. Das Handy rutscht ihr von selbst aus der Hand. Im Nu stürzt sie die Treppe hinunter und reißt die Haustür auf. Vorwärts an die Gartenpforte! Kommt vielleicht jemand vorbei, auf den sie schon lange heimlich gewartet hat? Vielleicht sogar Papa?

Hinter ihr liegt das Drinnen, die Dunkelheit, der Winter. Vor ihr liegt das Draußen, das Licht, das Helle; der Frühling, der alles verändern wird: endlich!

Nicola reckt und streckt sich, streicht sich die Federn glatt. Alles zerknautscht und wirklich wie bei einem Huhn, das durchnässt aus dem Regenwetter kommt. Wo ist der warme Stall? Unentwegt starrt sie ins struppige Braun der Büsche und auf die eisglatten Gehwege auf der anderen Seite des Zauns. Verflixt! Kein goldenes Weizenkörnchen im Abfallhaufen des schlechten Wetters; bemooste Zweige und glitschige Blätter. Zeugs aus dem Vorjahr, einfach nur scheußlich!

Natürlich ist man mit fast vierzehn Jahren kein Kind mehr – auch wenn die Großmutter sie immer wieder so nennt: »Kind«. Andererseits kennt sie sich in der Welt draußen kaum aus. Großeltern sind nicht groß, sondern alt, und sie wollen nichts hören von den Sorgen der Kinder oder der jungen Leute. Und die Eltern selbst? Spielen sich auf mit Wichtigkeiten – sind dauernd unterwegs. Geschwister gibt es in Nicolas Leben nicht. Wer erzählt oder erklärt ihr, worum es eigentlich geht?

Warum lässt man sie in diesem armseligen Zustand? Sie möchte anerkannt sein und den Anderen etwas bedeuten. Oma zum Beispiel. Fragen und Antworten sollen stimmen, basta! Warum hält sie ihr vor, was in der Familie los ist?

Überhaupt. Das meiste lernt sie nebenbei, schnappt es auf, versucht, im Verhalten der Anderen zu lesen und etwas für sich herauszupicken. Das Mädchen kennt keinen einzigen Menschen, der nach Glück aussieht. In Nicola selbst versperren schwere Steinblöcke ihren Weg zur Großmutter oder zu den Jungen, denen sie so gern näher sein möchte.

GROSSMUTTER IST NICHT GERADE DIE GROSSE MUTTER

... die ihr helfen könnte, damit fertig zu werden

Von nichts kommt nichts. Also: Was ist mit den Schularbeiten? Kann nicht wahr sein, dass tagelang nichts zu tun sein soll? Ich will doch nur dein Bestes.«

Das soll versöhnlich klingen, dröhnt Nicola aber allmählich die Ohren voll. Und wann ist wenigstens Mama endlich zurück von ihrer Reise ins Ausland? Dort will sie Papa treffen. Es gibt etwas zu regeln, etwas Wichtiges, hat sie gesagt bekommen.

Nun steht das Mädchen am Gartentor, dreht den Kopf und blickt unsicher auf das Wohnhaus zurück. Was macht der Schnee auf dem Dach? Er beginnt zu rutschen. In dicken Wülsten hängt er bereits über der Dachrinne.

Hier lebt sie nun schon zu lange, zurückgelassen, findet sie – in Wirklichkeit sind es erst drei Monate: Januar, Februar, März.

Die Großeltern hatten sich vor Nicolas Geburt diesen Resthof gekauft. Sie wollten unbedingt richtig aufs Land ziehen, nachdem sie Opas Hof am Rande einer großen Stadt bereits verkauft hatten. In der Nähe von Bad Hersfeld. Sie wollten damals nicht so nahe am Industriegebiet leben und zogen darum in eine Wohnung in der Innenstadt. Dort mochte es aber keiner von beiden lange aushalten. Ihnen fehlte die Landschaft, die Tiere, die Lust zu leben, sogar die Arbeit. Dann wohnten sie wieder »dörflich« und Nicola bekam es als Kleinkind mit den Hühnern zu tun, mit dem »Federvieh« – und den Wespennestern unterm Dach. Die Hühner suchten öfter mal die Freiheit, indem sie plötzlich Anlauf nahmen und auf einen Apfelbaum flogen, von da aus über einen Zaun hinweg und hinauf auf die Weide mit den Schafen. Hühner kennen auch das Wort »Freiheit«. Das hat Nicola schon als Kind verstanden, wenn die Großeltern auch noch so wütend waren. Wer soll denn die Tiere wieder einfangen, Fredy etwa, der selbst »auf Arbeit« ist, wie er es nennt, und andere Leute auch, die teilweise bis Nürnberg fahren. Soll er immer einspringen?

Von Resthöfen ist öfter die Rede, viele Landwirte haben ihre Höfe verkauft.

»Ja, die Industrie, die macht uns kaputt!«, so ging Opas Rede.

Nun also Unterhofen. Öde hoch drei. Allmählich erscheint Hannover als verlorenes Paradies. All die schönen Geschäfte mit ihren Überraschungen in den Regalen. Sogar ihre alte Schule vermisst sie.

Ende März fielen auf einmal riesige Schneemassen vom Himmel und wehten die Gegend dicht. Busse konnten teilweise nicht fahren. Der Winter will einfach nicht abhauen, bis jetzt; ein widerliches Ding ist die Kälte. Man lebt eingesperrt wie in einem Gefängnis! Wann ist dieses Warten endlich vorbei? Nicola will unbedingt wieder in die Stadt Hannover zurück – in ihr Haus, in ihr Zimmer, ach, sie weiß nicht wirklich, was sie will. Sicher ist jedenfalls: Ihre Eltern sollen sie endlich wegholen aus dieser Verlassenheit.

»Winterhuhn« nennt Nicola sich selbst, seit sie bei der Großmutter lebt – übergangsweise. Hühner liebt sie. Früher, als Opa noch lebte, hockte sich das Mädchen auf den großen Pflock zum Holzhacken und beobachtete Hühner samt Hahn. Sie sprach mit ihnen in einer Flüstersprache. Wenn ein Huhn dann plötzlich losgackerte, hatte das Kind von damals den Eindruck, dass das Huhn mit ihr sprechen wolle. Bis sie endlich einsah, dass man sich nur mit Menschen wirklich verständigen könne. Aber wen hatte sie denn für sich zum Verständigen in der langen Wartezeit? Mitten im Winter wusste sie keinen anderen Namen als »Winterhuhn«. Manchmal hätte sie in der Schule lieber gegackert, als zu sprechen. Dann hätten die anderen in der Klasse wenigstens etwas zu lachen gehabt. Zur Erklärung hätte sie gern für den Fall noch eins draufgetan und erklärt, sie werde bestimmt kein einziges Ei legen. Gerade, dass sie den Schulweg ins Nachbardorf noch auf sich genommen hat. Immer wieder hatte sie sich krank gestellt. Oma knurrt den ganzen Tag, anstatt dass sie in richtigen Worten spricht. Meistens schimpft sie vor sich hin.

Ja, die Oma, Papas Mutter, sie ist schon alt und überhaupt: Warum lässt sie die rechte Schulter so hängen?

Ist diese Schulter Anlass für ihre schlechte Laune? Es kann vorkommen, dass sie ihren Kaffee verschüttet, wenn sie zum Trinken ansetzt. So was von peinlich. Nun schimpft sie noch mehr. Über ihr ganzes Leben. Irgendwo in ihr sitzt ein Knoten. Der drückt auch auf die Schulter.

Opa ist vor zwei Jahren gestorben. Seither kracht es im Gebälk. Das sagt man hier so, wenn die Dinge nicht laufen, wie sie sollen. Zum Ausbessern aller Schäden am Haus bestellt sie Fredy, der ein Verwandter sein soll. Seit Nicolas letztem Besuch hier im vorigen Sommer hat sich anscheinend alles verändert.

Vom Haus her ein wütender Ruf:

»Nicola! Bist du verrückt geworden? In Socken ans Tor zu gehen. Sofort zurück ins Haus! Hörst du?«

Das Mädchen rührt sich nicht. Es denkt nach. Aber nicht mit dem Kopf. Irgendwie fließt eine Unruhewolke durch ihren Körper und nimmt ihr die Kraft. Sie erstarrt. Kälte und Nässe fressen sich durch die Socken hindurch in ihre Füße hinein: Sie dreht sich nicht zu der Rufenden um.

»Warte nur, wenn Fredy kommt! Ich zähle bis drei. Hast du mich verstanden? Eins, zwei ...?«

»Nein«, antwortet Nicola.

DER ALTE SVEN HAT GUT LACHEN

Aus den Augenwinkeln sieht sie den alten Sven mit seiner Schubkarre auf dem Weg herankommen. Sie kennt ihn bereits von seinen Ausflügen mit dem Hund.

Schon von Weitem scheint Sven das Mädchen zu fixieren. Nicola umklammert das obere Querbrett an der Gartenpforte.

Als Sven bei Nicola angekommen ist, lässt er mit einem lauten Knall die Griffe der Karre aus den Händen rutschen, woraufhin sein kleiner Hund aufgeschreckt aus der Wanne springt. »Wau!«, stößt der hervor.

»Was muss ich sehen? Hat das Mädchen keine Schuhe an den Füßen bei dem Wetter? Was sind denn das für Manieren? Will es tanzen im Walzerschritt?«, bemerkt Sven aus Spaß. Er nimmt seinen Dackel auf den Arm und dreht sich mit ihm wie zum Tanz im Kreis. Schließlich legt er das Tier vorsichtig in die Wanne der Schubkarre zurück und hebt das Gefährt an. Nicola weiß: Er will zum Friedhof hinauf, wo seine Verwandten begraben liegen. Er ist als Einziger übrig geblieben und lebt nun allein in einem kleinen Zimmer auf einem Gehöft am Waldrand bei den ehemaligen Nachbarn seiner Eltern. Sie weiß nicht genau Bescheid darüber.

Nicola mustert Sven. Wie der aussieht in seiner grauen Joppe ohne Schal und Mütze. Für ihn ist der Frühling wohl schon da?

Sie ist noch so unheimlich jung. Und er ist so alt, und dazu ziemlich unvernünftig. Trotzdem: Eigentlich kann er sich glücklich schätzen, weil er ein Tier für sich hat.

Im Weitergehen bleibt Sven plötzlich noch einmal stehen, ohne die Karre abzustellen, dreht den Kopf zu ihr zurück und fragt: »Hattest du eben ›Nein‹ gerufen?«

»Ja!«, antwortet sie.

»Ist recht, das muss man üben, die Sache mit dem Nein sagen, sonst kommt man zu nichts, das kann man an mir sehen! Du hast wohl vergessen, dass ich viele Geschichten weiß von den Leuten, die sie selbst nicht mehr erzählen können – vor allem von dem Jungen, den sie hier Tiger-Manuel genannt haben«, brummt Sven, laut genug, dass Nicola ihn hören kann. Im Weitergehen lässt er den Kopf hängen. Ein seltsamer Mensch mit seinem dünnen, grauen Haar. Die Großmutter kommentiert meistens ärgerlich: »Der spinnt herum, macht dumme Witze, arbeitet nicht, höchstens, wenn er ausnahmsweise mal Lust dazu hat, zahlt nicht mal Miete bei den Holtmanns.«

Igitt, wie ist ihr jetzt kalt geworden. Die nassen Strümpfe triefen vor Wasser, die Jeans ist bis an die Knie vollgesogen. Was wird Oma sagen? Nur fix ins warme Haus!

Dort angekommen zerrt sie die nassen Socken von den Füßen und wirft sie durch die offen stehende Badezimmertür in die Badewanne.

»Getroffen!«, lacht sie unwillkürlich.

Schnell in die trockenen Hausschuhe geschlüpft. Jetzt aus Spaß zum Friedhof hinaufgehen, wo ein Grab neben dem anderen steht? Kein Ort auf der ganzen Welt interessiert sie weniger als so ein Friedhof. Obwohl auch der Opa unter einem Busch ganz hinten in Richtung der Felder liegt. Wer will schon bis dahin durch den Matsch laufen? Und Tiger-Manuel? Der interessiert sie am allerwenigsten.

Der Großvater war früher mal ein richtiger Landwirt. Nicola hatte Angst vor ihm. Er roch nach Stall und Zigarre und manchmal pupste er absichtlich und lachte dabei. So was! Abends im Sommer saß er immer auf der Bank vor dem Haus, wo er das Gartentor im Blick hatte, und rauchte seine Pfeife. Die Oma bekam dann bald von ihm den Befehl: »Mutter, setz dich daher zu mir!« Sie kam, saß eine Weile ganz still neben ihm und schien abzuwarten. Worauf wartete sie? Der Opa qualmte, streckte gemütlich die Füße von sich. Auf einmal rückte er nah an sie heran, blies die Backen auf und ließ den Rauch aus der Pfeife in kleinen Wölkchen in ihr Gesicht ab. Oh, wie sie da hustete, wie sie aufsprang und wie sie zu schimpfen begann: »Pfui, du alter Schmarotzer, was kann ich denn tun für dich, damit du endlich wirklich nett bist mit mir? Du wirst sehen, man kann bis drei zählen, dann hast du deinen Krebs weg!«

Nicola schämte sich für die beiden, wenn sie so miteinander umgingen, aber was sollte sie machen? Wenn sie Fragen stellte, hörte sie eine seltsame Antwort: »Auf dem Lande ist man nicht zimperlich!«

Nun hatte sie einen triftigen Grund, hinter dem Haus zu verschwinden. Ein paar einzelne Hühner, die gar nicht in den Vorgarten durften, liefen mit gespreizten Flügeln hinter ihr her, als sei sie deren Glucke.

Die kleine Nicola wollte nie bei dem Opa im Vorgarten bleiben. Die Hühner waren ihr lieber.

Wenn sie sich in seiner Gegenwart doch nur wohlfühlen könnte!

Und was war schon im darauf folgenden Jahr passiert? Der Großvater starb an einem Erstickungsanfall. Er hatte ein besonders hartes Teilchen von seinem Tabak in die Luftröhre bekommen und musste schrecklich husten.

Nun liegt er auf dem Friedhof, an der Mauer dicht bei den Feldern.

»Hab ich ihm das nicht prophezeit? Der hat mir gar nichts geglaubt, nicht mal die Butter auf dem Brot!«, war Omas hilfloser Kommentar dazu gewesen. Aber wieder in die Stadt ziehen? Auf gar keinen Fall. Sie hatte hier ihre Arbeit. Punkt.

FREDY IST AUCH SO EIN TYP

Jetzt hat Nicola Hunger. Langsam bewegt sie sich auf die Küche zu. Plötzlich geht sie schneller, ruft: »Oma warte, die große Schüssel mit der Suppe stelle ich auf den Tisch, die ist für dich zu schwer!«

Fredy ist gekommen, nachdem er auf dem Bau Feierabend gemacht hat. Irgendetwas wird gewiss zu reparieren sein bei der Oma. Vielleicht ist das Schmelzwasser vom Dach durch das undichte Fenster gesickert. Aber vor den Ausbesserungen ist Fredy zum Essen eingeladen.

Er bekommt von Oma die Anweisung: »Auf dem Dachboden musst du ohne mich nachsehen. Die Treppenstufen sind morsch. Fredy, gut, dass du da bist, ehe der Schnee taut. Du kennst dich ja aus. Das Mädchen kann dir die Leiter halten ...«

Da klingelt es an der Tür.

»Geh nachschauen, wer uns stört, vielleicht ist es die Post. Kann ja sein, dass sich mal einer von den beiden Herrschaften aus dem Ausland meldet. Wird höchste Zeit, will ich mal sagen!« Sie meint Nicolas Eltern.

Vom Flur her hört man Svens Stimme. Er stöhnt laut: »Kann die Oma zur Tür kommen? Auf dem Friedhof bin ich ausgerutscht, auf dem verfluchten Eis unter dem Schnee! Und ich dachte, heute kann ich es mal wieder versuchen. Mein Waldi will doch auch an die Luft!«

In der Küche hat man alles mitgehört.

»Geh mit, Kind, ich stell dir das Essen warm. Ohne den Hund hätte er reinkommen können zum Mitessen. Warte, ich fülle dir etwas für ihn ab!«

Nicola sucht nach einer Leinentasche für die kleine Blechschüssel mit dem festen Deckel. Plastiksachen hat die Oma nicht im Haus. Die kann sie nicht leiden.

»So ein Schmarrn heutzutage!«, schimpft sie darüber.

Sven wartet inzwischen bei Waldi draußen an der Karre. Waldi liegt in der Schubkarre lang ausgestreckt auf einem Kornsack aus brauner Jute. Er hat nicht einmal Lust, Nicola zu begrüßen, als er sie bemerkt. Sie lässt die Tasche mit dem Essen in eine freie Ecke neben dem Hund rutschen, packt die Karre und ruckelt damit los.

Wie gern säße sie jetzt mit den anderen am Tisch, hungrig, wie sie ist. Sie wird sich beeilen. Der Sven kann nachkommen.

»Langsam, mein Madl«, sagt Sven. Er geht an den Straßenrand, da liegt ein dicker Stock. Nun hat er also eine Krücke, auf die er sich stützen kann.

Nachdem sie von der Dorfstraße abgebogen sind, sieht Nicola den holtmannschen Hof mit seinem roten Dach liegen und dahinter den Wald.

DER FREMDE JUNGE

Vor dem Nebengebäude mit der Waschküche stellt Nicola die Schubkarre ab.

Waldi hebt den Kopf und schaut sich nach seinem Herrchen um, während Nicola herauszufinden versucht, in welchem der Gebäude Sven wohnen mag. Nicht einmal seinen Nachnamen kennt sie.

An einem ganz mit Efeu bewachsenem Teil des Nebengebäudes mit Tür und Fenster bleiben ihre Blicke hängen. Davor ein Rosenbusch. *Da wird er doch gewiss nicht wohnen, passt gar nicht zu ihm, so wie er dahergeschlurft kommt*, denkt Nicola.

Ein lautes Bellen weckt sie aus ihren Gedanken. Mühsam klettert Waldi über das Vorderrad aus der Schubkarre heraus auf den gepflasterten Hof und dackelt auf Sven zu, der mittlerweile aufgeholt hat. Der beugt sich zu Waldi hinunter und streichelt ihm den Kopf: »Na mein Hund, nun sind wir beide angeschlagen: du mit deinem Rheuma und ich mit dem gebrochenen Fuß. Wir haben ein Glück, was? Wird wohl nur verstaucht sein. Man darf nicht aufhören an sein Glück zu glauben und wenn man hundert Jahre alt wird! Wollen mal gleich nachsehen und einen kalten Verband anlegen. Jetzt hat es auf alle Fälle mit Einszweidrei und Walzertakt erst mal ein Ende.«

Der Dackel wendet sich wieder Nicola zu. Er sieht

aus, als hätte er Angst vor der hohen Türschwelle zu Svens Wohnung.

Nicola könnte nun umkehren, um endlich an den Esstisch zu kommen, aber sie spürt weder Hunger noch Durst. Sie steht einfach nur da und wartet. Sie bückt sich, um Waldi zu sich zu locken, der daraufhin bellt und zu ihr herüberläuft.

Sven hat schon die Haustür geöffnet.

»Madl, komm mal her. Kannst mir noch eben beim Verbinden zur Hand gehen. Ist das recht? Nur keine Angst! Außerdem hab ich noch was für dich, ein bisschen was zum Klimpern!«, ruft Sven – eine Hand wedelt winkend in der Luft.

Sie gibt sich einen Ruck. Der Hund Waldi möchte richtig vorlaufen, aber er schafft es nicht. Soll sie ihn auf den Arm nehmen?

Über das Pflaster des Hofes nähert sich aufgeregt ein Mann, hinter ihm ein Junge.

Der Mann ruft: »He Sven, endlich! Die Schubkarre, ich habe sie gesucht, wir brauchen noch Briketts aus dem Schuppen. Hör mal, du musst mir aber unbedingt Bescheid geben, wenn du mit deinem Waldi spazieren gehen willst. Darum habe ich dich schon gebeten. Ist doch kein Zustand, dass ich dich suchen muss. Und warum stehst du so schief da und hältst dich am Türrahmen fest?«

»Danke der Nachfrage, ist nicht so wichtig, das Mädchen soll mir nur eben zur Hand gehen. Und wegen der Schubkarre entschuldige ich mich!«

»Ach was, lass mal, behalt das alte Ding, ich kaufe

eine neue. Ist's recht so? Ich meine die Karre. Dann servus!«

Der Junge schaut Nicola an. Sie hat ihn noch nie gesehen, sicherlich ist er für die Ferienzeit hergekommen. Daran hat sie noch nicht gedacht.

Sie will seinem Blick standhalten. Endlich legt er Tempo vor, geht mit eiligem Schritt hinter dem Mann, der Holtmann heißt, her.

Nicola hat in diesem Augenblick den Hund Waldi vergessen. Sie sieht nicht, wie er die Trittstufen zu Svens Haus erreicht hat, den Kopf zu Sven emporhebt und sie hört nicht, wie er zu fiepen und zu jaulen beginnt. Sie sieht nicht, wie Sven sich bückt, sich mit einer Hand an der offenstehenden Tür festhält, und schließlich den Türgriff loslässt, um in die Hocke zu gehen. Sieht nicht, wie Sven den Hund im Genick packt und ihn am Nackenfell auf seinen Schoß zieht, sieht nicht, wie er sein Fell krault, wie er ihn streichelt und drückt.

Sie bleibt immer noch auf demselben Platz stehen, nicht weit von der Stelle, an der die Schubkarre gestanden hat, und schaut dem Jungen nach. Er trägt Kleidung wie jemand, der aus der Stadt kommt: ein neues Sweatshirt, einen Schal um den Hals und über den Stiefeln eine Tuchhose. Sein Haar hängt ihm locker um die Ohren. So etwas!

Dreh dich um, bitte, schau mich noch einmal an, du schöner Junge, schau mich an, ich zähle bis drei: eins, zwei ..., beschwört sie ihn in Gedanken.

Was ist los? Herr Holtmann beugt sich vor und schwenkt dann ein Etwas auf den Jungen zu – eine weiße Leinentasche. Das Mädchen sieht, wie der Junge die Tasche rafft, in Eile umdreht, mit Tempo auf sie zugelaufen kommt, ihr die vergessene Tasche in die Hand drückt, sie ansieht und sagt: »Da, deine Tasche. Wie heißt du eigentlich?«

»Ni-co-la!«, presst sie hervor, betont unwillkürlich jede Silbe extra. Er soll sich unbedingt ihren Namen merken.

»Ja«, antwortet er, »jetzt weiß ich Bescheid. Ich dachte gleich, dass du irgendwie besonders heißen musst!«

Atemlos schaut sie ihm nach, als er davoneilt.

»Und du, wie heißt du?«, fragt sie. Aber der Junge ist schon zu weit weg. Er läuft auf das Hauptgebäude zu, das prächtig in der Landschaft steht mit seinen vielen blanken Fenstern und seiner geschnitzten Doppeltür in der Mitte.

Da erst bemerkt sie Sven auf der Treppe mit dem Hund im Arm.

»Ich komme ja schon und da ist dein Essen!«, ruft sie Sven entgegen. Er versucht nun, mühsam aufzustehen. »Tja«, stöhnt er und ergreift Nicolas dargebotene Hand. Flüchtig erhascht sie einen Namen auf dem Türschild. »Björnson« heißt er also.

ECHTE SILBERLINGE

Du kannst nachher bei mir essen, die Tasche ist schwer. Geizig ist deine Großmutter nicht«, meint Sven. Aber Nicola schüttelt den Kopf: »Nein, lieber nicht, Oma hat mir zu Hause das Essen warm gehalten. Wenn wir den Fuß verbunden haben, laufe ich schnell zurück.«

Der alte Mann hat alles parat liegen. Aus einem Karton mit einem Holzdeckel holt er Verbandszeug und legt es auf den Tisch. Dann humpelt er zum Kühlschrank. Nicola findet sein Zimmer gemütlich. Waldi kuschelt sich auf seinem Schlafsack zurecht. Seine Augen sind in Bewegung. Sie ahnt, wer hier beobachtet werden muss: die Fremde, das ist natürlich sie selbst, Nicola.

Mit einer Packung Quark in der Hand lässt Sven sich auf einen Stuhl fallen.

»Damit schmieren wir das Gelenk dick ein und dann kommt eine Binde darum. Wenn der ganze Quark nicht mehr kühlt, nehme ich ihn ab. Vielleicht hilft er ja!«, erklärt er ihr. Dann grinst er sie an.

»Du kennst doch den Spruch ›Was soll der Quark‹? Hier in Deutschland gibt es die tollsten Redensarten.«

Sie schüttelt den Kopf, ist schon an der Tür, in dem Moment fällt ihm sein Versprechen ein.

»Halt mal an. Lang da in die Schublade, die Knipp, die gib mir mal raus, du bekommst noch eine Belohnung.«

Er hält ihr eine Handvoll Münzen unter die Augen. Drei davon glänzen matt wie Silber.

»Die sind echt, die anderen kannst du dir zum Lernen angucken. Sind aus verschiedenen Jahrhunderten. Hast du das Wort ›Silberlinge‹ schon einmal gehört? Steht schon in der Bibel, der alten Schwarte. Das sind meine Ostereier für dich! So wie die drei da, für solche Dinger kann man ein Menschenleben verraten!«

»Nein, kenn ich nicht, aber danke, das find ich nett.« Und schon verschwinden sie in ihrer Hosentasche, zum Klimpern, wie Sven gesagt hat. Zum Schluss besinnt sie sich wie vorhin, als sie für die Oma die Suppenschüssel tragen wollte: »Ich kann Sie morgen besuchen kommen, soll ich? Es sind Ferien, wir haben deswegen nur drei Stunden in der Schule.«

»Morgen dreh ich vielleicht schon wieder einen Walzer mit meinem Tier. Schau mal, der macht Augen: einszweidrei, was Waldi? Kannst überhaupt Du zu mir sagen.«

»Ja, wär schön, bis dann«, wirft sie hin. Das war das. Mamas Wort. So dahingesagt. Wo ist Mama?

FLÜCHTLINGE

Beim Überqueren des Hofes tritt sie vorsichtig auf. Die unregelmäßig hochstehenden, gerundeten Pflastersteine sehen durch das Tauwasser aus wie poliert. Ihre Gummistiefel lassen die Kälte durch. Ein Glück aber, dass sie sie mitgenommen hat aufs Land. Morgen wird sie sie auch für ihren Besuch bei Sven anziehen. Das Mädchen geht aber noch aus einem weiteren Grund langsam: Deshalb äugt sie jetzt auch dauernd nach links. Aus dieser Richtung waren die beiden anderen vorher gekommen. Wenn sie den Jungen noch einmal zu Gesicht bekäme – wenn er herschauen würde wie vorhin, so offen und freundlich, das wäre herrlich!

Nicola hat auf dem Schulhof in ihrer jetzigen Schule niemanden gesehen, der ist wie er. Niemand aus den höheren Klassen hat sie gefragt: Wie heißt du? Dieser Junge ist älter als sie, so viel steht fest. Ob er dort auf der anderen Seite des Hofes zu Besuch ist? Hat er schon Ferien, weil er in einem anderen Bundesland zur Schule geht? Unbedingt möchte sie seinen Namen wissen. Auf dem Heimweg zurück zur Großmutter denkt sie sich Namen für ihn aus: Heißt er Robert? Marcel? Tim?

Als sie durch die Haustür eintritt, sieht sie, dass Oma und Fredy immer noch am Esstisch sitzen.

Sie diskutieren über etwas. Fredy redet mehr als ihre Großmutter. Die hat ein heißes Gesicht, während sie mühsam zuhört. Sie wirkt angestrengt.

Nicola setzt sich an den Tisch. Die beiden blicken nur kurz in ihre Richtung, dann spricht die Großmutter weiter: »In der Schule also – während der zwei Wochen Ferien sollen sie da untergebracht werden? Und wer soll sie betreuen? Sag mal, so was hab ich noch nie gehört, dass man so was macht. Was bringen die bloß für einen Dreck rein! Und wer soll sie betreuen? Und warum gerade bei uns in Laubheim? Und dann sind sie dunkelhäutig, diese Menschen. Außerdem können sie uns nicht verstehen! Wie soll das funktionieren, frag ich dich!«

»Wusstest du das nicht aus dem Fernsehen? Dass die da unten im Süden weglaufen aus ihren Ländern vor dem Krieg und dem Kaputtmachen? Und am Ende kippen die sogenannten Rettungsboote im Mittelmeer um und die Leute ertrinken«, erwidert Fredy dumpf.

»Wenn ich nun mal die Nachrichten nicht sehen will? Nur schlechtes Zeug«, gibt die Großmutter abwehrend zurück. Dann wendet sie sich an ihre Enkelin: »So, Nicola, das Essen ist kalt geworden. Stell dir selbst den Topf aufs Feuer. Nachher steigt ihr beide auf den Boden. Ich leg mich mal ein bisschen aufs Ohr. Wer soll das alles verdauen, was es da zu hören gibt?«

FREDY IST NEUGIERIG

Fredy hat eine lange Leiter an den stärksten Dachbalken gelehnt. Von da aus kann er das Fenster erreichen. Ehe er nach oben steigt, um den Schaden aufzuspüren, fragt er unvermutet: »Hör mal, warum bleiben deine Eltern diesmal so lange weg? Deine Oma kann ich nicht danach fragen, sie wird sofort ärgerlich. Muss denn der Herr Ingenieur überall seine Hebel ansetzen? Jetzt soll er in Ägypten sein, vorher in Syrien? Wo der Assad seine Doppelkriege führt? Und dann die Mutter hinterher! Na, meine Sache ist das nicht. Gut, dass ich als Maurer nicht viel rauskomme. Na, für mich wär das nichts. Und dann die Kinder so lange nicht unter den Augen haben. Sind noch klein, meine beiden, aber brauchen tun sie mich trotzdem. So, nun halt tüchtig fest. Ich mit meinem Bauch wiege ein paar Pfund. Wäre zu schade, wenn ich mir das Genick breche. Oder was sagst du? Mit Leitern ist nicht zu spaßen!«

Wie Fredy aussieht. Wer eine Arbeit vorhat, zieht sich eine schlabberige, graue oder blaue Arbeitsjacke an, mit verrückten Flicken nicht gerade schön verziert. Seine Haare sind unter einer komischen Mütze verschwunden, wahrscheinlich ist sie schon hundert Jahre alt! Was will er eigentlich wissen? Kann er die Oma nicht fragen? Und tut jetzt dumm?

Nicola antwortet nicht. Sie hat noch mit der halbwarmen Mahlzeit zu tun. Außerdem spürt sie den altbekannten Missmut in ihrem Innern wieder anwachsen.

Sie stellt sich lieber den Jungen vor, dessen Namen sie noch nicht kennt. Er könnte gut und gern Hanno heißen oder sogar Kevin oder Lorenz. Mal sehen. Mit ihm herumzulaufen, im Wald hinter Holtmanns Hof wäre schön. Oder im Fluss zu baden. Bei der letzten Vorstellung wird sie rot. Zur Ablenkung fällt ihr ein zu fragen: »Wer ist eigentlich Tiger-Manuel?«

»Tiger-Manuel? Keine Ahnung, irgendein Verrückter«, antwortet Fredy.

Der weiß nicht viel, denkt sich Nicola.

Gleich morgen wird sie Sven besuchen – und dann heißt es: Augen auf!

ES GIBT EIN GEHEIMNIS

Kaum eingeschlafen wacht Nicola wieder auf. Jemand hat an ihre Zimmertür geklopft. Und das mitten in der Nacht, ihr Handy zeigt zwei Uhr an. Vor Schreck wird ihr glühend heiß. Sollte das die Oma sein? Sind etwa ihre Eltern gekommen? Sie springt mit einem Satz aus dem Bett, um möglichst schnell die Tür aufzureißen. Aber wer steht dort? Niemand! Nur das Bild des Jungen von gestern. Hinter ihr, vom Fenster her, klopft es weiter: tropf, tropf. Tautropfen auf dem Dach. Hart zerplatzen sie auf dem Blechdach vor ihrem Fenster.

Tatsächlich, es ist wärmer geworden. Und was nun? Wenn der Frost endlich nachlassen würde?

Sie steht starr. Finster ist es, kein Mond zu sehen, nichts. Wo ist sie nur gelandet. Alles kommt ihr wie ein Traum vor, aus dem sie nur schwer erwachen kann. Früher, als sie noch ein Kleinkind war, hatte sie einen anderen Blick auf diese Umgebung. Sie rannte wie verrückt umher, durch den Garten, hinter den Hühnern her, die wild mit den Flügeln schlugen. Dann die Gänse damals. Wieder eine andere Sache. Sie bissen meistens, darum hatte der Opa sie hinter einem Drahtzaun eingesperrt. Fredy durfte sie ärgern, bis sie giftig wurden und durch den Draht zischten. Nicola lief sogar auf die Dorfwiese hinaus, um bei den Besuchen alle paar Monate zu erkunden, was sich jetzt wieder verändert hätte. Dort darf das

Gras jetzt wild wachsen, kein Mensch kümmert sich darum. Brennnesseln überall.

Sie war ganz verrückt gewesen vor Freude. Aber nun? Sie hat angefangen, über sich nachzudenken. Sie ist kein Wasserhuhn mehr, das ist doch wohl klar. Und was sie so erlebt, damit hat es doch etwas ganz anderes auf sich: all die faulen Wochen. Der April steht vor der Tür. Oma schaut bei einem solchen Satz immer besorgt.

Nicola sieht eine Tür aus Luft. Nichts, ein Luftgebilde aus Worten.

Sie seufzt so laut, dass es jemand draußen hören könnte. Angenommen, es stünde der Junge dahinter. Das wünscht sie sich genau in diesem Moment. Wenn das die Oma wüsste!

FREMD SEIN

Am Freitag hat Nicolas Klasse drei Stunden lang Unterricht bei Frau Gross. Ihre Klassenlehrerin ist in Ordnung. Sie gibt als erstes die Diktathefte zurück. Nicola wird kurz angelächelt von dieser klugen Frau, die noch eine kleine Rede an sie richtet: »Nicola, dir braucht das alles nicht so schwer vorzukommen, weißt du? Du musst einfach allmählich besser aufpassen, glaube ich. Du kannst mehr, als du bei uns gezeigt hast. Wirst du nach den Ferien noch hier sein?«

Das Mädchen steht unwillkürlich auf. Plötzlich spürt sie die warme Hand der Lehrerin auf der Schulter und wird rot vor Freude. Hier fühlt sie sich auf einmal verstanden.

Ich kann ihr ja in die Augen sehen, bin ich so gewachsen?, fragt sie sich. Dann antwortet sie mit ihrem ewig gleichen Satz, der schon vorn auf der Zunge angewachsen scheint: »Ich weiß nicht«, schiebt aber noch ein »Danke« hinterher.

In der nächsten Stunde hat Frau Gross der ganzen Klasse etwas mitzuteilen: »So, liebe Leute, wir sehen uns die nächsten zwei Wochen nicht. In dieser Zeit wird unsere Schule für einen anderen Zweck gebraucht und dafür müssen wir alles ausräumen, was uns gehört. Jeder soll für sich überlegen, ob da noch irgendetwas von ihm oder ihr herumliegt, Zettel, Ordner, Turnzeug unten im Umkleideraum. Ihr sollt alles nach Hause mitnehmen. Es werden Flüchtlinge zu uns kommen. Sie sind schon unterwegs. Sie haben tagelang nicht geschlafen, sie sind aus ihren Ländern geflohen, weil dort Krieg ist, vor allem in Syrien. Hier in Europa helfen ihnen Menschen in den verschiedenen Ländern. Wo sie später bleiben sollen, wenn der Unterricht wieder beginnt, das weiß im Moment noch niemand. Diese Menschen sind vollkommen heimatlos, stellt euch das einmal vor! Wir können uns anfangs nur mühsam mit ihnen verständigen, am besten versucht ihr es erst mal mit Englisch, wenn ihr sie trefft. Haben wir uns verstanden? Das meiste habt ihr sicher in den Zeitungen gelesen, also, dann fangen wir mal an. Zum Schluss kommt der Hausmeister noch zu uns. Wer sich stark fühlt, kann ihm helfen, Tische und Bänke an die Wände zu stellen. Die müden Menschen werden bestimmt sofort ein Bett bauen wollen, um den Schlaf nachzuholen. Das ist ja nur auf dem Fußboden möglich. Und dann alle nebeneinander. Stellt euch das mal vor! Später bekommen sie dann an einem anderen Ort eine richtige Unterkunft. Nach den Ferien könnt ihr wieder in eure Klassen einziehen. Hat jemand noch eine Frage?«

Jeder Schüler schaut in die Runde. Es meldet sich niemand. Die Zeitung hatte wohl schon eine Vorarbeit geleistet.

JONAS

Nicola hat kaum Sachen in ihrem Fach liegen. Alles ist schnell eingepackt. Tische tragen möchte sie nicht, obwohl der Hausmeister jeden extra auffordernd anschaut. Sie will sich schnell verabschieden, oder soll sie einfach gehen? Nein, zwei Mädchen aus ihrer Klasse findet sie sehr nett: Janne und Emmi. Sie stehen noch vor den Fächern.

»Schade, dass wir dich vielleicht nicht wiedersehen«, sagt Janne gleich für Emmi mit, »wir haben dich gar nicht richtig kennengelernt. Hast du eigentlich gemerkt, dass du meistens gesagt hast ›Ich weiß nicht‹? Du bist uns ziemlich fremd geblieben, wir dachten, du magst uns nicht!«, erklärt Emmi.

»Ja«, antwortet Nicola, »aber mir fiel nichts anderes ein. Jetzt ist es fast noch schlimmer, weil meine Eltern an einem Ort sind, wo Krieg ist. Wir haben ganz lange nichts von ihnen gehört, meine Oma und ich. Wenn sie in dem Krieg durch Bomben sterben – erst gestern habe ich gehört, was in Syrien los ist – da könnte ich wie toll weinen. Mein Papa ist Ingenieur, den zwingen sie vielleicht, beim Krieg mitzumachen«.

Jetzt fließen ihr die Tränen nur so aus den Augen. Beide Mädchen umarmen sie. Dann trennen sie sich. Nicola verlässt das Schulgebäude, nimmt ihr Fahrrad aus dem Ständer und macht sich auf den Weg nach Unterhofen. Sie wird Sven besuchen und dabei die

Augen offen halten wegen des Jungen, der vielleicht Robert heißt oder Ben. Sie weiß es ja nicht.

Nachdem sie einige Zeit gefahren und nun bei den Baumreihen angekommen ist, die schön geordnet eine Grenze zu den Feldern bilden, steigt sie wieder ab, um das Fahrrad zu schieben. In ihrem Kopf toben die Gedanken. Der Schnee hat sich ganz von der Fahrbahn zurückgezogen. Die Sonne wärmt; Osterwetter. Ob Oma Eier für sie verstecken wird? Das kann sie sich nicht vorstellen.

Das Gehen tut ihr gut, so Schritt für Schritt mit einem sanften Wind im Nacken.

Ferien, denkt Nicola. *Die anderen freuen sich über die freie Zeit und machen etwas Schönes. Für mich bleibt nur das ewige Warten.*

Vorn in der Kurve sieht sie den Schulbus kommen. Sie muss in den »Sommerweg« ausweichen. Der ist teilweise noch mit Schnee bedeckt, also bleibt sie stehen, bis der Bus vorüber ist. Hinter ihr hört sie Geräusche, dann das kurze Klingeln einer Fahrradglocke.

»Hallo«, hört sie eine Stimme, eine Stimme wie aus einem Traum. Nicht zu glauben: Es ist der Junge.

Der Bus ist nun auf gleicher Höhe mit ihnen. Aber statt leer zu sein, weil er die Schüler abholen will, ist er voller Menschen, die fast alle ihre Köpfe auf die Rücklehnen gelegt haben, als würden sie schlafen.

Das sind die Flüchtlinge!, denkt Nicola überrascht.

Sie schaut den Jungen an. Auch er hält den Kopf gedreht.

Endlich kann sie ihn fragen: »Wie ist dein Name?«

»Jonas«, antwortet er, als sei gar nichts dabei.

Es ist aber etwas dabei – für Nicola. Wie Namen klingen können: dunkel oder hell, manchmal auch wie aus dem Geschichtsunterricht, irgendwie alt. »Jonas« aber ist wie eine Melodie, hell und dunkel zugleich.

WIE GEHTS DENN SO, WAS SAGT DIE OMA?

Nachdem der Bus an ihnen vorbeigefahren ist, steigen beide zugleich auf ihr Fahrrad, um von da an gemeinsam bis zum Holtmannschen Gehöft zu fahren.

Am Eingang bei den gemauerten Pfeilern steigen sie ab. Der Junge, der so ganz anders heißt, als Nicola es sich vorgestellt hatte, überquert das holprige Pflaster auf der rechten Seite des Hofes, wo die vielen Fenster in der Mittagssonne blinken, das Mädchen Nicola folgt ihm entgegengesetzt etwas schräg zur Linken hin. Kein Wort haben sie gesprochen, schauen einander nicht einmal an. Der alte Sven lehnt schon im Türrahmen mit dem Hund an seiner Seite, der diesmal etwas befremdet bellt. Sie lehnt das Rad an die Hauswand und geht zur Treppe mit den drei Stufen. Dort zeigt sie auf das Namenschild.

»Sie heißen ja Björnson. Ist das nicht Norwegisch?«

Namen werden für Nicola von einer Minute zur anderen immer wichtiger. Zuerst der des Jungen: Jonas! Und merkwürdig: Die große Frage, wie denn wohl die Flüchtlinge im Schulbus heißen mögen. Sie fühlt sich aufgeschreckt. Hellhörig geworden lauscht sie ins Ungewisse.

»Da hast du recht, du darfst mich aber auch duzen, wie sie es alle machen. Ja, ich bin hier nicht geboren, sondern da, wo die Gletscher vor Tausenden von Jahren angefangen haben, zu rutschen. Ganz oben auf der Landkarte. Als ich geboren wurde, war Krieg. Die Deutschen hat man natürlich nicht gerade geliebt, weil sie Nazis waren. Nur meine Mutter, sie mochte die Besatzer schon. Insbesondere meinen Vater, der dazu gehörte. Und der hatte sich in den Feind verliebt – mitten auf der Straße. Das hätte schlimm ausgehen können. Er hat sie rüber geschmuggelt, als der Krieg vorbei war. Mein deutscher Vater hat ihr zuliebe den Namen Björnson angenommen. Er war nämlich Pazifist. Das ist einer, der mag sich überhaupt nicht streiten, von wegen im Krieg kämpfen, aber er musste damals als junger Mann mitmachen, verstehst du?«

»Nein«, antwortet Nicola.

»Ob du das begreifst oder nicht. Besser, man guckt sich um in der Welt, dann kapiert man eins: Man muss gute Laune behalten. In dem Fall und überhaupt geht alles in der Welt über einen hinweg. Wir haben jedenfalls schon so lange Frieden hier in Deutschland, dass sie nun rundherum zu uns her strömen und dabei ihr Leben riskieren. Na, wollen wir los zum Friedhof mit Waldi? Der Verband hat schon etwas bewirkt. Aber ich will nicht gleich wieder übermütig sein! Willst du die Karre schieben? Derweil kann ich dir noch allerhand erzählen von Dollen und Trollen! Und den Tiger-Manuel wollen wir auch wieder zum Leben erwecken, nicht wahr? Wie geht es dir denn heute, hast du auch Ferien? Dann hast du wenigstens Zeit Walzer zu tanzen, oder? Und was sagt die Oma?«

»Sie ist ungnädig, sonst weiß ich nichts!«, antwortet Nicola.

ANSPANNEN

Mit dieser Antwort gibt Sven sich zufrieden. Er zeigt hinüber zum ehemaligen Unterstellschuppen auf Holtmanns Seite. Von dort soll sie die Schubkarre holen. Wer hat die denn dort hingebracht? Sie denkt an Jonas.

Sie stellt sich vor, dass der nette Herr Holtmann ihn gebeten hat: »Schau doch mal bei Sven rein!«

Sven nimmt den Stock von gestern in die Hand und stochert mit der Spitze zwischen den Pflastersteinen herum: Nein, kein Eis mehr in den Lücken. Die Sonne scheint, bald ist der erste April. Sieh mal einer an. Sven kratzt sich am Kopf, dabei bemerkt er die fehlende Mütze.

»Madl, meine Mütze, die muss ich gestern in eine Ecke gefeuert haben vor lauter Ärger mit dem Fuß. Wenn du mal nachsehen willst?«

Das will sie. Sven erinnert sie an jemanden, grübelt sie. Vielleicht denkt sie an sich selbst, daran, wie sie gelegentlich nasse Socken fliegen lässt und dabei »treffen« übt?

Waldi sitzt schon in der Mulde der Schubkarre, als sie zurück ist. Zum Spaß lässt er ein leises Bellen hören. Sie muss lachen, streicht ihm vorsichtig übers Fell und hebt die Karre an. Die Tür zum Schuppen hinter ihnen bleibt unabgeschlossen.

Während sie nun in Richtung Friedhof dahin zockeln, räuspert Sven sich mehrmals, als wolle er gern etwas sagen, aber er verkneift es sich.

Am Gartentor ihrer Großmutter angekommen setzt Nicola die Schubkarre ab. Großmutter möchte bestimmt wissen, was das Kind so vorhat. Sie öffnet nach einer Weile und äugt durch den Spalt: »Ist gut, dass du Bescheid sagst. Komm nicht zu spät heim, ich habe auch noch eine Arbeit für dich. Pass auf, dass du nicht ausgleitest, mein Gott, der Schnee ist immer noch da!«, meint sie nur ein wenig unwirsch.

Weiter geht die Reise. An zwei kleinen Weiden und einem Schafstall vorbei, dort nimmt Nicola noch einmal die Hände von den Griffen der Schubkarre. Ihr Begleiter ist ein Stück hinter ihr geblieben. Er ist kurzatmig, aber das gibt er nicht zu, kann sie sich denken.

»Ganz in Ordnung ist der Fuß noch nicht; gut, dass der Winter nur noch von hinten zu sehen ist! So, kann weitergehen, meine Liebe!«

Dann sind sie angekommen. Der Friedhof liegt etwas erhöht, sein großes Eingangstor ist so kunstvoll gearbeitet, als ob es sich um den Eingang in ein Königsschloss handelt. Dabei ist das Haupthaus eine Minikapelle, alles in allem nicht größer als Svens Häuschen. Nur, dass es noch einen überdachten Eingang gibt. Bei Regenwetter findet man Unterschlupf, stellt Nicola zufrieden fest. Nichts braucht man dringender als eine warme, trockene Stelle, wenn das Wetter scheußlich ist. Die Schafe haben ihren Stall, genau wie die Hühner, und wenn es auch noch so stinkt im Hühnerhaus. Und sie selbst, Nicola? Sie hat bei ihrer Großmutter ein Zimmer bekommen, in dem es warm ist. Das Dach jedenfalls hat der Fredy richtig gut abgedichtet. Aber besser geht es ihr deshalb nicht.

SVEN BJÖRNSON LEGT LOS

Auf dem feuchten Sand des Hauptweges schiebt sich die Karre schwer. Nicola bekommt von Sven einen großen Busch zugewiesen, unter dem steht die Schubkarre sicher. »Wenn man den braunen Jutesack für Waldi versteckt, klaut ihn keiner und er bleibt trocken, falls doch noch ein paar Tropfen fallen sollten ...

Zum Grab ist es nicht weit, die paar Schritte schafft der Hund. Nun gib mal acht, gleich da: Das erste Björnson-Grab, da liegt Kai, mein Bruder. Den hat es an Land nicht gehalten, der ist zur See gefahren, bis nach Afrika. Da hat er reichlich Geld gemacht. Er hat Briefe geschrieben, die glitzerten nur so von Gold und Edelgestein, der konnte wenigstens noch übertreiben. Das kann ich dir sagen. Behalten hat er nichts. Aber bekommen hat er was, nämlich Malaria. Als er hier ankam, hatten wir nur Scherereien mit ihm. Krank von oben bis unten. Nun aber weiter. Da, wo die Bank steht und die Trauerbirke drüber hängt, da ist das Grab meiner Eltern. Ich muss mich setzen. Hopp, mein Hund, wo bist du? Wir haben noch Platz für dich, Nicola, ich rutsch ein Stück beiseite. Ja, und dann guck mal da rüber über den Buchsbaum, da liegt auch so ein Hallodri, der hat behauptet, er war mal beim russischen Zaren zu Gast, weil er es mit der Musik hatte genau wie ich. Aber er konnte auch zaubern, der hat dem Zarenkind was vorgezaubert, damit es gesund würde. Aber weil das nicht geholfen hat, musste er verschwinden bei Nacht und Nebel. Der soll hier angekommen sein wie der letzte Bettler, aber angegeben hat er, bis er starb. Ist jung gestorben. Das war im vorletzten Jahrhundert. Nachher gab's eine Revolution in Russland, da haben die Leute sich totgehungert. Oh, jetzt wird mir ganz dumm im Kopf. Ich glaub, du könntest weitermachen mit dem Erzählen. Wie war es denn in der Schule? Ich hab da was im Fernsehen mitgekriegt. Na, das sind schöne Sachen aus aller Welt, nicht? Jaja, die Erde bleibt nicht stehen. Immer wird alles durchgeschüttelt von der Schicksalsmühle. Allein ich bin an der gleichen Stelle hängen geblieben, hab gearbeitet und getan, alles hier auf dem Hof und früher auf unserer kleinen Landstelle, aber die wurde abgerissen! Hast du schon erlebt, wie es ist, wenn dein Zuhause abgerissen wird? Kann ich mir nicht vorstellen! Kind, Kind, das Leben ist lang, man glaubt es nicht, was alles passiert! Da fällt mir noch Heinrich von Gansel ein. Der dachte, er sei was Besseres. Der hat sich an einem einzigen Abend nach einer Wette in der Laubheimer Gaststätte ›Zum Platzhirsch‹ totgesoffen. Der liegt auch hier irgendwo. Und weißt du, wie viele Leute zu seiner Beerdigung kamen? Dreihundertfünfzig. Die kleine Kapelle da drüben wäre dreimal übergelaufen, hätten sie die für die Trauerfeier hergerichtet. Aber die Wahl fiel auf die Laubheimer Kirche, die hatte lange eine solche Besucherschar nicht gesehen. Auf einmal stand ein Lieferant aus der Kreisstadt auf bei all den heiligen Reden, die zu Ehren von dem Gansel, dem Saufkönig, gehalten wurden, und fragt klar und deutlich:

›Wer zahlt eigentlich seine Schulden?‹

Da fingen die Leute an, zu kichern und zu lachen.«

Diese lange Rede hält Sven. Mit einem Ruck steht er plötzlich auf. Seinen Stock hat er nicht zu Hilfe genommen.

Waldi springt gleichzeitig vor Schreck mit einem Bellen von seinem Schoß. Wo ist denn Svens Stock geblieben? Nicola entdeckt ihn stehend hinter dem Grabstein. Der Mann muss sich wieder setzen. Nun wundert er sich doch über den heftigen Schmerz.

»Lass uns los, Madl. Hast du gemerkt: Die Sonne ist verschwunden. Über dem Waldrand da, siehst du den Wolkenberg? Wind kommt auch auf. Das bedeutet nichts Gutes, vielleicht Gewitter, war viel zu warm heute. Ich kenn mich aus!«

Madl, Madl. In Hannover ist sie die »Deern«, besonders im Plattdeutschen.

Ich will das nicht, auch wenn es noch so niedlich klingt. Gerade deswegen, eben!, denkt sie.

Zum Versteck der Schubkarre in der Nähe des Eingangs ist es viel weiter als gedacht. Sven stöhnt absonderlich. Waldi hält sich an seiner Seite. *So ein Hundefreund!,* findet Nicola. Ob es für sein Rheuma keine Medizin gibt? Das Mädchen scheut sich nachzufragen, kaut lieber allein auf den Dingen herum. Daran ist sie gewöhnt. Ein, zwei Lehrer in der Schule zu Hause seufzen immer, wenn sie wieder einmal schweigt und sich mit ihrer Haarsträhne beschäftigt.

Dann sagt zum Beispiel Herr Heinemann: »Wenn du einmal richtig was rauslassen würdest. Bist doch schon fast erwachsen!«

Draußen vor der Friedhofspforte angekommen, sehen sie deutlich, dass sie sich mächtig beeilen müssen. Der Wolkenberg ist fast heran. Sogar Waldi liegt unruhig in der Schubkarrenwanne, hebt und dreht und wendet seinen Kopf.

Da ist wenigstens schon der Schafstall. Nur schnell weiter. Sven macht lange Schritte, Nicola fällt in einen kleinen Galopp mit der Schubkarre. Das mag der Hund nicht haben, dreimal bellt er empört. Fern ein Donnergrollen. Der Regen fällt als Vorhang. Das Haus der Großmutter taucht vor ihnen auf und endlich das Gartentor.

Im letzten Moment sehen sie ein Auto heranahen. Es hält sogar, eine Hintertür fliegt auf. Ein Junge mit Mütze und hochgeschlagenem Kragen springt heraus und greift sich den Hund. Durch das heruntergelassene Fenster am Fahrersitz hört Nicola eine strenge Stimme: »Um Gottes willen, Sven, rein mit dir ins Auto, was fällt euch zweien denn bloß ein? Warum stellt ihr euch nicht unter. Herrje, Mädchen, du bist wenigstens jetzt zu Hause!«

Nicola versteht nicht, was eben vor sich gegangen ist. Warum mischt Herr Holtmann sich ein oder was geht ihn das Ganze an? Es ging auch alles so schnell, wie in einem Actionfilm.

Sie sieht dem Auto nach, wie es zuerst wendet, um dann in die entgegengesetzte Richtung davonzufahren mit Herr und Hund. Alles an ihr trieft: die Haare, die Nase, das Sweatshirt. Aber die Hand hat sie doch schon an der Gartenpforte. Herr Holtmann also – der ist extra losgefahren, um Sven zu suchen. Mit Jonas im Gefolge. Obwohl sie ihn nicht richtig erkennen konnte, er muss es gewesen sein, sagt sie sich. Gut aber, dass sie die Schubkarre nicht mehr auf Holtmanns Hof bringen muss. Das wird ja keiner erwarten bei dem Wetter. Sie öffnet die Tür so weit sie kann und schiebt das Gefährt ums Haus herum. Die Großmutter werkelt in der Küche. Anscheinend hat sie von der enormen Regenmenge gar nichts mitbekommen. Nicola klopft an die Fensterscheibe. Sie schrickt zusammen, nachdem sie ihre Blicke scharf gestellt hat, und ruft ungehalten: »Kind, du bist das? Wie siehst du aus? Hat dich jemand überfallen?«

Im selben Moment fliegt die Tür zum Vorbau auf. Sie packt Nicola am Kragen und zerrt sie über die Schwelle. Nun ist sie zu Hause, im Trockenen. Aber zu Hause sein, das ist noch etwas anderes. Das Mädchen fühlt sich jämmerlich, es friert und fängt sogar an zu zittern.

»Oh Mama! Warum bin ich nicht bei dir!«, schluchzt sie, so laut sie kann.

Oma legt den Arm um sie. Sie weiß einen guten Trost: »Ich lass dir Badewasser einlaufen. Zieh dich schnell aus, damit das nasse Zeug runterkommt vom Körper. So, und zum Schluss bring ich dir noch eine Wärmflasche. Dann wirds alles in allem besser, das wirst du bald sehen. Na, einen heißen Tee will ich auch noch fertigmachen. So schwitzt du das Böse aus. Gib Ruhe jetzt!«

Vor sich hin knurrend ächzt sie später die Treppe hinauf. Wahrscheinlich hat sie die Nase voll von all dem Stress, der ihr zugemutet wird mit diesem Kind im Haus.

VOM BALKON SPRINGEN?

Nicola möchte um sich schlagen. Sie bildet sich ein, Fieber zu haben. Sie mag sich nicht rühren, einen Tag und eine Nacht lang. Das Handy hält sie unter der Bettdecke in der Hand. Ihre Schulfreunde zu Hause melden sich nicht. Weder Melle noch Linda. Wer weiß, wo sie mit ihren Familien herumschwirren – natürlich im Süden. Mitten zwischen den Flüchtlingen etwa? Gute Güte, warum hat sie nicht früher nachgedacht und sich ihren Schulatlas vorgenommen: Wo liegt Syrien, wo genau Ägypten? Sie schläft ein, sie wacht auf und wälzt sich im Bett herum.

Sonntag früh, nachdem die Oma das Frühstück neben dem Bett abgestellt und sich davon überzeugt hat, dass Nicola noch schläft, schließt sie leise die Tür.

Überhaupt ist heute Sonntag, überlegt Nicola. Im Nullkommanichts ist sie hellwach: Heute will ihre Großmutter auf den Friedhof gehen und die Bekannten besuchen, die schon gestorben sind, vor allem aber den Großvater hinten an der Mauer. Das wird dauern. Auf dem Rückweg schaut sie bestimmt bei Annalena Franzen ein, die sie gerne »meine Freundin« nennt.

Nicola findet, dass sie nicht krank ist. Ihr fällt ein, was ihr in der Nacht durch den Kopf gegangen ist und nun wieder seine Wühlarbeit beginnt. Langsam wälzt sie sich aus dem Bett, setzt sich auf, streicht sich die braunen Haare aus der Stirn, trinkt den warmen Kakao, beißt in eine der beiden Brotschnitten, schaut nach ihren Sachen, die sie gleich anziehen möchte und steht so Stück für Stück auf. Vorsorglich schaut sie vom Fenster aus auf die Gartenpforte. Ja, etwas schief in der Haltung verlässt dort ihre Oma in ihrer dunklen Wolljacke das Haus. Im Gehen hängt sie sich ihre kleine Handtasche in die Armbeuge. Ein letzter Blick zur Haustür zurück. Alles wie immer, wenn sie einen Ausflug machen will. Kurz hält sie inne, um die schmale Straße auf Fahrzeuge hin zu überprüfen, dann nimmt sie den Weg nach links, der zum Friedhof hinaufführt.

Für Nicola ist der Moment gekommen, ihren Plan zu verwirklichen: Sie wird gleich ihren Anorak mit der Kapuze anziehen, das Fahrrad aus dem Schuppen holen und mit Schwung nach rechts abbiegen.

Es ist, als ob sie zur Schule führe. Dabei hat sie Ferien und wird die Schule vielleicht nicht wiedersehen von innen. Aber von außen! Nach ihrem Vater will sie schauen, will fragen, ob ihn jemand gesehen hat unterwegs.

Sie tritt in die Pedale, radelt mit hohem Tempo durch den kleinen Ort, bis sie Richtung Laubheim abbiegen muss auf die größere Straße.

Die Schule liegt mitten im Ort neben dem Feuerwehrhaus. Noch sind kaum Menschen auf der Straße. Sonntag eben.

Damit sie von der Straße aus nicht entdeckt wird, steigt sie am hinteren Tor ab. Dort klettert sie über die niedrige Mauer und lauft gebückt an der Gebäudewand entlang, bis sie an einem der großen Klassenzimmerfenster angelangt ist. Sie sieht, es fehlen noch einige Zentimeter bis sie durch das Fenster blicken kann. Wo findet sie eine Leiter oder eine Kiste zum Draufsteigen? Ob der Fahrradkeller offen ist? Nein, das nicht, aber zwischen den Zwillingsbäumen klemmt ein Holzteil, das der Hausmeister dort vielleicht vergessen hat. Tatsächlich: eine Getränkekiste für Wasserflaschen. Die wird sie mitnehmen und schon ist das Problem gelöst.

Mit der leeren Kiste in der Hand läuft sie erneut in der Nähe der Hausmauer entlang. Jetzt klopft ihr Herz doppelt so schnell. Ihr Gesicht ist heiß – schon durch die hektische Fahrt.

Dann schiebt sie von der Ecke her den Kopf über die Fensterbrettkante. Nach dem ersten kurzen Blick schon zuckt sie zurück: Oje, welch ein Gewimmel von Menschen, einige scheinen noch zu schlafen, kleine Kinder stapfen zwischen den Bettmatten umher und rufen mit erhobenen Händen nach jemandem. Die Sprache versteht sie nicht. Es hört sich sinnlos an. Wie will sie eine Frage aussprechen?

»Hat jemand meinen Vater gesehen?«

Als sie zum zweiten Mal durch die Glasscheibe schaut, erblickt sie einen Mann mit einer Verletzung: Er wirft sich auf die Matratze zurück und ruft »Doktor«! Das versteht das Mädchen natürlich.

Flüchtling zu sein, das ist mega schlimm, aber wenn man gar nicht weiß, was aus den Eltern geworden ist? Das ist auch mega schlimm!, denkt Nicola und springt von der Kiste herab.

Als sie gerade die Kiste an sich genommen hat, um sie an den alten Platz zu stellen, öffnet sich eine Seitentür. Ein Mann schaut um die Ecke und ruft: »Was gibt es da zu gucken? Schämst du dich nicht, die armen Leute zu belauschen? Wer bist überhaupt?« Er lässt den Türgriff los und winkt sie her. Sie schüttelt den Kopf, bleibt aber stehen. Das gefällt dem Mann nicht. Gleich ist er neben ihr und fasst kurz nach ihrer Hand.

»Mein Vater«, sagt sie. »Ich dachte, einer von denen könnte ihn gesehen haben. Er war doch in Syrien oder Ägypten. Er arbeitet für eine Firma, die Apparate baut für das Sonnenlicht – zum Auffangen – in der Wüste. Mehr weiß ich nicht. Wir warten schon sechs Wochen auf eine Nachricht. Nun habe ich Angst bekommen. Ich wohne in Unterhofen, bei meiner Oma.«

Nicola fängt an zu weinen. Es wird immer schlimmer damit. Der Mann hockt sich jetzt vor sie hin.

Er ist ratlos. Sich von einem Knie aufs andere abzustützen, bringt ihn auch nicht weiter. Schließlich springt er auf die Füße, langt in seine Hosentasche und zieht ein Päckchen Papiertaschentücher heraus.

»Hier«, sagt er freundlich, »endlich verstehe ich dein Anliegen. Komm, wir gehen ins Haus. Einige von diesen Leuten können Englisch. Wie heißt du?«

CHAOS IM KLASSENZIMMER

Nicola Meyenstett«, quetscht sie heraus, als hätte man sie bei etwas Verbotenem ertappt.

Sie erlebt heute die Schule von einer anderen Seite: Eigentlich möchte sie nicht wirklich weitergehen, doch der Druck in ihr schiebt sie unaufhaltsam nach vorne. Sie betreten ein anderes Klassenzimmer, als dasjenige, durch dessen Fenster sie gerade geschaut hat. Aber das Bild ist dasselbe: ein Durcheinander von Menschen überall. Eine Tür geht auf, wieder eine andere Klasse. Hier sieht es genau so aus: Leute in Turnanzügen und mit Handtüchern über dem Arm gehen vorbei.

Decken werden mit hoch erhobenen Armen ausgeschüttelt und dann gefaltet übereinandergelegt.

In den Regalen sieht sie Zahnputzbecher stehen. Rufe fliegen zwischen den Menschen hin und her.

Das soll ein Klassenzimmer sein?

Eine Frau, die Nicola bekannt vorkommt, nimmt sie in Empfang. Der Mann erklärt dieser Person ihr Anliegen. Sie schaut erstaunt und sagt: »Ach, mein Gott, du hast ein Problem ganz anders als diese Leute hier. Sollen wir jetzt gleich nach deinem Vater fragen? Na los, Manfred, frag du mal, du kennst dich besser aus inzwischen, glaube ich.«

Der Mann bittet um Ruhe. Er klopft dabei laut aufs Lehrerpult: »Here we have a girl with a special problem. Her name is Nicola. She wants to hear who of you knows her father in Syria or Egypt. He probably is ill or he took your route for flying to Europe like you, tell us please!«

Zu dritt stehen sie vor Menschen in Unterzeug und sogar freiem Oberkörper. Wie peinlich! Schlimm muss sich ein Flüchtling fühlen! Und dann das Gewusel: Kinder laufen hin und her. Sie lachen sogar, spielen fangen, vielleicht ohne sich länger zu kennen. Die Erwachsenen ziehen die Schultern hoch, einer fragt: »His name?«

»Meyenstett«, antwortet Nicola, die das meiste verstehen konnte.

Kein Ergebnis. Sie winken ab. Einer antwortet: »We had good luck. Now we are in Germany. Excuse us please!«

Die Leute möchten nun in die Aula, um zu frühstücken.

»Nicola, willst du mitkommen zum Frühstücken? Vielleicht ergibt sich noch etwas?«, fragt die Frau. Sie nennt ihren Namen: »Schmidt«, sagt sie und lacht dabei.

Nicola ist einverstanden. Und so geht sie auf einmal im Schwarm der hungrigen Leute in ihre alte Aula.

»Die anderen hier heißen Abdullah oder Desir. Sie kommen aus verschiedenen Ländern, weißt du? Das wird dir fremd vorkommen, hab nur Mut, mit Händen und Füßen zu reden. Ein bisschen Englisch kannst du doch?«

Frau Schmidt schiebt sie an einer Tischreihe entlang, bis sie zwei gleichaltrige Mädchen entdeckt. Sie rücken zur Seite, um Platz für Nicola zu machen.

»Die beiden sind Schwestern, soviel weiß ich, jetzt muss ich aber die Liste holen mit allen Namen, warte mal!«

Nicola wartet. Ihr Blick überfliegt die gesamte Aula. Sie hat noch niemals Flüchtlinge gesehen, höchstens hat Oma, wenn sie von früher erzählte, diese Bezeichnung für Menschen gebraucht, die im heutigen Polen gelebt haben. Meine Güte, ist das lange her. Die alten Geschichten. Man lernt das in der Schule.

Fast alle Anwesenden haben dunkle Haare und Augen. Die jungen Leute werfen ab und zu einen Blick auf sie, wie sie reichlich schüchtern abwartet, dass Frau Schmidt ihr aus der Verlegenheit hilft. Schließlich taucht sie hinter ihr auf. Sie gibt Nicola einen sanften Schubs und fragt: »Bist du nicht die Enkelin von Oma Meyenstett? Meine Mutter ist mit deiner Oma befreundet. Oh, bist du groß geworden. Als kleines Mädchen hast du immer die Hühner gejagt, stimmts? Du wolltest dein Lieblingshuhn in der Nähe haben, ja? Aber es hat sich nicht fangen lassen. Hühner sind ja keine Katzen, oder?«

Nicola nickt beschämt.

»Ach, macht doch nichts, wenn man Kind ist, probiert man alles Mögliche, aber jetzt sieht die Welt anders aus, nicht wahr? So, die beiden Mädchen werden in deinem Alter sein, sie heißen Nermin und Yildiz. Weißt du, wir haben viel Arbeit, jeder Einzelne muss genau befragt werden nach allen Daten und Umständen. Warum jemand überhaupt geflohen ist. Ob noch Verwandte zurückgeblieben sind in Aleppo oder irgendwo. Sieh mal, alle, die hier sind, haben sicherlich Menschen, die eine Flucht nicht mehr schaffen können, in ihrer Heimat gelassen, jeden Tag können sie sterben. Sieh mal, wie viele Handys mitgebracht haben. Dauernd laufen sie nach draußen, um zu telefonieren. Wenn sie großes Glück haben, kommt ein Kontakt mit ihrer Heimat zustande! Nun greif zu, Nicola, das wäre auch schön für die anderen, eine Gemeinsamkeit, weißt du. Sie wissen ja nun, dass du Deutsche bist!«

Als sie das erste Stück Brot in den Mund nimmt, wird sie von links und rechts angeschaut. Nur langsam geht es besser mit einem guten Gefühl.

Die Aula wirkt so vollgestellt, als gäbe es ein riesiges Schulfest. Brot und Butter, Marmeladengläser stehen auf den Tischen, Früchte sogar und hohe Joghurtbecher, Pappteller wie beim Picknick.

Ihr wird allmählich klar, dass von all diesen verschiedenen Menschen keiner das Geringste von ihrem Vater wissen kann. Soweit sie bei näherem Hinsehen feststellen kann, sind sie aus ganz verschiedenen Ländern am Mittelmeer zusammengetroffen, um von dort in irgendwelche Boote zu steigen bis Griechenland oder Italien. Einige sind sehr dunkel, fast schwarz, andere wieder verschieden hell. Ihr Vater kann eigentlich nicht unter ihnen sein.

Die Hoffnung, ihn plötzlich zu sehen, gibt sie aber trotzdem nicht auf.

WO IST DAS KIND GEBLIEBEN?

Nermin neben ihr nimmt ihr Handy in die Hand. Sie beugt sich zu ihrer Schwester hinüber und fragt etwas. Gleich darauf erklären sie Nicola mit Luftbildern, die sie mit ihren Händen zeichnen, was sie heute unternehmen möchten: einkaufen; ein sauberes Shirt, frische Wäsche, eine schöne Tasche für ihre Sachen, damit hier nichts durcheinander kommt.

Obwohl sie öfter eine Hand an die Wange gelegt und die Augen geschlossen hatten zur gleichen Zeit, was »schlafen« bedeutet, bekommen sie jetzt rote Wangen und können nicht mehr still sitzen. Frau Schmidt beugt sich zu den drei Mädchen vor. Sie will Nicola fragen, ob sie mit ihnen zusammen ein Geschäft aufsuchen möchte? Bitte! Ja?

Da entdeckt Nicola in der Klassentür einen jungen Mann, dessen Blick im Raum hin und her irrt und an ihr hängen bleibt. Sie springt sofort auf: Das ist doch Jonas! Was will er hier?

Eilig bahnt er sich einen Weg zu ihr: »Hier bist du! Deine Oma ist total in Aufregung. Sie hat mit meinem Onkel telefoniert. Zuerst meinte sie, Sven wüsste Bescheid. Bei dem bist du doch manchmal, ja? Du musst sofort mit mir kommen. Wir wissen nicht, wie wir sie beruhigen können!«

Nicola lässt sich nicht einschüchtern. Sie macht Frau Schmidt in einem anderen Raum ausfindig und fragt ganz normal: »Kann ich morgen wiederkommen? Ich habe ja Ferien und möchte helfen, zum Beispiel beim Abwasch und Putzen der Räume. Ich kann auch mit Nermin und der anderen – na, Yildiz, einkaufen gehen, ich schaffe das schon!«

Frau Schmidt lächelt schlau: »Mit Oma muss doch zu reden sein. Soll ich es mal versuchen – nach Feierabend hier?«

Nicola schluckt hart. Dann nickt sie. »Bis dann!«, sagt sie.

Wieder fahren Nicola und Jonas schweigend auf Unterhofen zu. An Holtmanns Gehöft steigen sie von ihren Fahrrädern ab.

»Was ist mit deinem Vater?«, fragt er endlich. »Suchst du ihn zwischen diesen Flüchtlingen? Er würde doch, wenn er dabei wäre, sofort seine Mutter verständigen, deine Oma, meine ich, oder etwa nicht? Er weiß bestimmt, dass du dir die Augen aus dem Kopf schaust nach ihm und deiner Mutter!«

Sie schiebt mit dem rechten Fuß das Pedal in die richtige Stellung. Der linke Fuß will schon den Schubs zum Weiterfahren geben.

»Nicola«, lässt er nicht locker. Sie antwortet: »Wenn ich jeden Tag hingehe, höre ich vielleicht von ihm. Jemandem dämmert es, weiß nicht, wie ich es genau ausdrücken soll. Angenommen, er hat in einem Krankenhaus gelegen, das sie dann bombardiert haben. Da haben sie ja auch Listen, auf denen die Patienten stehen. Wenn einer nun weiß, dass ein deutscher Mann dabei war, ein Ingenieur?«

LIEBE

Jonas überlegt, schiebt seine Mütze nach hinten und betrachtet die Gegend. Sein Gedankengang scheint über ein Hindernis hinweg zu stolpern. Er zieht die Stirn in Falten. Zum Schluss rückt er seine Schirmmütze gerade und führt entschlossen sein eigenes Rad nahe an Nicola heran. Was hat er vor? Schließlich kommt ihm eine Idee. Er wendet das Rad kurzerhand und lässt es seitwärts an einen Baum prallen. Dann geht er auf Nicola zu und macht einen langen Arm. Sie hält den Griff ihrer Fahrradlenkstange umklammert. Mit seinem Körper stützt er das Fahrrad des Mädchens ab. Ihre Hand hat er bereits ergriffen und presst sie mit Gewalt. Dann lässt er wieder los. Über den Sattel hinweg neigt er sich ihr zu und fragt sie frei weg: »Darf ich dich umarmen? In meiner Familie sagt man ›Umarmen ist die beste Medizin‹, wenn einer von uns traurig ist oder ein Problem hat!«

Sie lehnt sich so plötzlich nach vorn, an ihn, dass sie beide Schlagseite bekommen. Ihr Fahrrad ist im Wege. Darum lässt sie das Ding einfach an sich herunterrutschen und gibt ihm zudem einen kräftigen Schubs mit den Schenkeln. Es landet im Gebüsch, das den Hof umsäumt. Jetzt kann sie an Jonas heran. Sie umschlingt seinen Hals, ihre Wange wird nass, ohne dass sie es richtig merkt. Er wischt mit seinem Jackenärmel die Feuchtigkeit weg. Sie schmiegen ihre

Gesichter aneinander, sie lachen sich an. Ein Damm ist gebrochen, so scheint es. Erleichtert flüstert er ihr zu: »Ich mag dich. Vom ersten Moment an. Wenn ich an dich dachte oder dich von Weitem sah, wie vor einigen Tagen im Regen. Du warst ganz dicht bei mir. Ich habe sogar nachts an dich gedacht und sah dich vor mir, wie du dem Sven die Karre geschoben hast mit dem Dackel darin und Sven als Rübezahl hinter euch!«

Nicola muss lachen; tatsächlich, so lustig muss das alles ausgesehen haben, aber für Jonas nicht. Er hat sie ernst genommen. *Oh, er ist so etwas Besonderes, ich liebe ihn!*

Ohne es richtig zu bemerken, streichelt sie seine Hände, lässt los, fasst wieder zu. Endlich umgreift er noch einmal mit beiden Händen ihren Oberkörper und zieht sie an sich. Zwei in einem Knäuel. Ein solches Umarmen kennt sie nicht.

Sie lachen und weinen und wissen nicht, warum. Und das alles am Straßenrand, wo jederzeit ein Pferdewagen oder ein Auto vorbei kommen kann.

WUT

Mit glühender Sonne im Kopf fährt sie das letzte Stück im Zuckeltrab nach Hause. Am Gartentor steigt sie ab und lässt das Rad an den Zaun gelehnt stehen. Nun erst zieht sie ihr Handy aus der Jackentasche, um nach der Uhr zu sehen: Viel zu spät, sagt die Uhr, oh, viel, viel zu spät.

Omas Stimme erklingt mitten in der Haustür: »Jetzt brauchst du die Uhrzeit nicht mehr. Eine geschlagene Stunde laufe ich zwischen Telefon und Straße hin und her. Kannst du dir nicht vorstellen, dass ich mir die größten Sorgen mache um dich? Womit habe ich das verdient, kannst du mir das beantworten?«, hört Nicola die wütende Klage ihrer Großmutter. Ihr kommt es blitzartig so vor, als hätte sie aus einem Hinterhalt heraus auf sie gewartet wie es manchmal ganz blöde Jungs auf dem Schulhof machen, um die Kleinen zu erschrecken. Nun hat sie sich angeschlichen. Macht eine Großmutter solche Scherze? Irgendetwas stimmt mit ihr nicht, mit ihr nicht und mit meinem Papa, der ja ihr Sohn ist. Meine Mutter und Papa sind weg, verschwinden einfach, ohne genau zu erzählen, was sie vorhaben. Das ist der Punkt überhaupt. Was soll man denken, wenn man nichts Genaues weiß?

Was ist mit Mama los? Und Tante Lotte in Bremen, Papas Schwester? Sie hätte sich doch schon längst bei ihrer gemeinsamen Mutter, ihrer Oma, melden können. Wenn man nichts erzählt bekommt, sich nichts vorstellen kann, wachsen Ängste aus dem Nichts. Das ist gemein. Was habe ich mit dem Ganzen zu tun? Warum denkt keiner an mich? Ich muss nur dafür büßen!, vermutet sie instinktiv und findet, sie ist in der gleichen Lage wie die Oma. Es hilft aber nichts. Sie nimmt sich vor, ruhig zu reagieren trotz allem, erst mal deshalb, weil sie ein so gutes Gefühl durch Jonas erhalten hat. Und außerdem: Es wird sich schon noch manches von selbst zeigen – so, wie die Flüchtlinge auch wie von selbst gekommen sind.

Das Mädchen dreht sich um – nun doch erschrocken, als sie in das zerfurchte Gesicht ihrer Oma sieht. Aber schon entfährt ihr ein »Nein«.

Nein, sie kann sich nicht vorstellen, dass ein Mensch derartig heftig und hart reagiert, wenn derjenige sich um ein Kind Sorgen macht ... Tja, aber ein Kind ist sie ja gar nicht mehr. Sie stampft ärgerlich und hilflos zugleich mit dem Fuß auf: »Es ist Sonntag und ich habe Ferien, außerdem warst du nicht da, als ich loswollte, woher soll ich wissen, wo du bist? Ich sehe nicht ein, weshalb du ganz oft so grässlich mit mir umgehst. Bin ich nicht dein Enkelkind, das du lieb hast?«, will sie wissen. Aber die Großmutter braust auf: »Nicola!«, ruft sie laut und heftig, »Ich könnte dir gut und gern eine runterhauen. Womit habe ich verdient, dass du derart frech bist? Niemand von den anderen in der Familie kümmert sich um dich. Die ganze Last habe ich allein, nur ich. Hast du nicht noch andere Großeltern – in Hannover zum Beispiel?« Sie schluckt empört, wendet sich aber kurz der Straße zu: Hört etwa jemand mit? Sie stehen ja außen vor der Haustür und nicht dahinter. Innen drin im Haus redet man eben offener. Dann spricht sie weiter: »Wenn man fast vierzehn Jahre alt ist, weiß man schon, was es heißt, erwachsen zu sein. So, rein mit dir ins Haus, du bleibst heute in deinem Zimmer. Der Schlüssel wird von draußen abgezogen. Hast du verstanden?«

»Nein«, antwortet Nicola und nimmt langsam Stufe für Stufe die Treppe zu ihrem Zimmer.

Mag kommen, was will. Hauptsache, ein Jemand, Jonas, hat sie umarmt und ihr gezeigt, dass Liebe immer möglich ist und viel hilft.

In ihrem Zimmer angekommen schlägt ihr der muffige Nachtgeruch entgegen. Sie öffnet das Fenster so weit es möglich ist und atmet tief ein. Das tut gut. Auf der linken Seite zum Friedhof hin sieht sie die Weide mit dem Schafstall liegen, an der sie und Sven mit Waldi vorbeigekommen sind. Sven mit seinem Reden. Sie muss lächeln. Die Schubkarre steht immer noch hinter dem Haus. Er wird sie nötig haben. Weiter oberhalb liegt der Friedhof. In wichtigen Momenten ruhig zu bleiben ist schon deshalb ein Kunststück, weil man die Geheimnisse der anderen Menschen nicht kennt. Sven, der mit seinem Reden – vielleicht, weil er mehr als andere verstehen möchte?

Im nächsten Moment ein Gedanke, der sie glühend heiß werden lässt: Lange schon müsste die Mutter sich gemeldet haben. Oder die Firma des Vaters, die ihn nach Ägypten geschickt hat! Früher kamen doch jede Woche Anrufe vom Hauptsitz in Hannover. Sie erinnert sich an einen Satz Papas, wenn er von der Firma nach Hause kam: »Mann, soll ich nun wieder die Kastanien aus dem Feuer holen?«

Was meinte Papa damit?

Mamas Antwort: »Weißt du was? Die vertrauen dir am allermeisten!«

Nicola setzt sich auf den Bettrand, sie muss erst mal nachdenken. Welche Sätze sind außerdem gefallen? Zum Beispiel besonders zwischen Oma und Papa. Warum hat man sie hier gelassen und nicht bei Mamas Eltern? Na, man hat sie gefragt, das stimmt. Nicola standen die schöne Gegend und die Stadt Nürnberg vor Augen, wo sie den ganzen Winter über kein einziges Mal war. Ist Papa vielleicht sauer auf Oma? Haben sie sich gestritten und sie, Nicola, hat das nicht mitbekommen, weil sie von dem Erwachsenenzeug lieber nichts wissen wollte? Sie kombiniert: Oma muss sauer sein! Früher war sie anders, eben! Aber warum? Papa muss sauer sein, warum? Mama ist bestimmt sauer, vielleicht auf die Firma, die Papa in Kriegszeiten in ein solches Land wie Ägypten oder Syrien schickt? Und Tante Lotte?

Und nun wird das Ganze Oma zu viel? Jetzt tut ihr auch noch die Schulter weh!

Wenn Oma sie wirklich einschließen sollte? Sie lehnt sich noch einmal aus dem Fenster. Kann sie die Balkonbrüstung erreichen?

GEFANGEN

Lang ausgesteckt auf ihrem Bett liegt Nicola und verfängt sich mit den Blicken an der Zimmerdecke. Einige Risse in der alten Tapete erinnern sie an Spinnweben. Kann sie das dazugehörige Tier entdecken? Von links nach rechts schaut sie und umgekehrt. Verwechselt sie ein Schattenbild der Birke schräg vor dem Fenster mit kleinen Tieren, die zwischen den Spinnenfäden laufen? Wirre Vorstellungen vernebeln ihren Kopf. Ihre Augenlider werden schwer, sie fällt in einen leichten Schlaf. Als sie erwacht ist ihr, als hätte sie etwas vergessen: Ach ja, sie wollte doch aus dem Fenster steigen, von dort den Balkon erreichen, um aus der Ecke am Balkon bis zum Boden zu rutschen. Ihr ist allmählich alles egal. Der Oma muss sie ein Schnippchen schlagen, damit sie überhaupt noch Luft bekommt.

Sie wirft sich auf die andere Seite des Bettes, zerrt sich ihre Jeans von der Hüfte und zieht die Bettdecke hoch. Sie ist auf einmal so müde, als hätte sie zehnmal die Schubkarre mit dem Dackel zum Friedhof gefahren. Noch mal und noch mal. Dann will sie in der Tiefe des Schlafs, in den sie rutscht, ihr Fahrrad aufheben und zerrt daran. Es ist nicht zu bewegen. Jonas beugt sich über sie und macht große Augen: »Du«, sagt er so sanft in ihr Gesicht hinein, dass sie lächeln muss. Endlich, als ihre Müdigkeit an der tiefsten Stelle angekommen ist, taumelt sie zum

Fenster, schwingt sich wie im Traum zum Balkon hinüber und springt einfach auf die weiche Gartenerde. Dort schläft sie weiter. So empfindet es Nicola. Also hat sie wirklich geträumt!

HEISSE SPUR

Nicola schläft. Die Mahlzeiten verpasst sie komplett. Die Großmutter öffnet die Schlafzimmertür und schließt sie wieder. Es wird Abend. Dann die lange Nacht. Einmal erwacht sie traumverloren, um sich zur Toilette durchzutasten. Zurück auch wie im Schlaf. Ihr ist, als sei unter ihr die warme Erde. Gleich wird sie aufstehen und die Flüchtlinge besuchen, Nermin und Yildiz in der Laubheimer Schule.

Zuletzt wird sie durch Lärm wach: Hat da nicht ein Hund gekläfft, dreimal?

Sie hört Schlurfschritte auf dem Plattenweg. Jemand wirft das Gartentor zu.

Nicola springt aus dem Bett. Bestimmt ist Sven gekommen, um die Schubkarre zu holen. Er will zum Friedhof wie üblich. Das ist ja seine Welt. Das Mädchen schüttelt den Kopf. Kann man begreifen, dass für jemanden wie Sven ein Friedhof so wichtig ist, samt Hund und Schubkarre, beinahe mehr als die eigene Wohnung? Ist das alles in seinem Leben? Oder denkt er noch manchmal an seine alte Heimat Norwegen?

Sie aber, Nicola, ist im Begriff, die Geheimnisse auszugraben, die ihr wie Knüppel zwischen den Beinen liegen.

Schnell aufrappeln: das Gesicht waschen, in die Klamotten steigen, die Treppe runterrennen, ein Stück Brot aus dem Schrank fischen.

Ein Glas mit Wasser aus dem Hahn über dem Spülbecken füllen, schnellstens trinken, die Schubkarre ums Haus holen und los!

Wo ist die Großmutter?

Sven steht, auf einen geschnitzten Handstock gestützt, und ruft: »Verflixt, ist denn hier keiner zu Haus?« Da brüllt Nicola regelrecht los: »Ich komme schon!«

Sven legt Waldi mehr umständlich als vorsichtig in die Karre.

Nicola sagt nichts, steht da wie »Falschgeld«. Den Ausdruck hat sie hier in Unterhofen gelernt. Keine Ahnung, was er bedeuten soll, altmodisch eben. Dann fällt ihr ein, dass im Fernsehen manchmal vor nachgedruckten Geldscheinen gewarnt wird. Sie sind also nicht echt. So was bin ich wohl auch?

Nicht echt? Oder erst recht, weil sie selbst anders fühlt, als die meisten? Und Jonas auch. Zu zweit ist man schon ganz stark.

Sie wischt sich mit der flachen Hand mehrmals über die Augen. Eigentlich müsste sie doch auf dem Boden unter dem Balkon liegen. So, wie es ihr im Traum ganz wirklich vorkam? Arme und Beine schmerzen, als seien sie gebrochen.

Sven fragt ungeduldig: »Wo ist Waldis Decke? Wer hat den Sack aus der Karre genommen, hör mal? Bei seinem Rheuma darf er nicht frieren! Musste ich das Tier doch den ganzen Weg über auf dem Arm tragen, zum Schluss hat er gezittert. Da hab ich die

Joppe aufgemacht für ihn. Gut, dass mein Fuß schon besser ist. Den Stock mit seinem Bogen konnte ich mir ja über den Arm hängen. Hab immer gewartet, dass du mir entgegenkommst, du weißt genau, dass ich ohne dich nicht fertig werde, mein Madl. Na, nun lass uns mal los. Muss heute eben ohne Decke gehen, hat ja ein dickes Fell, so ein Tier. Unbedingt will ich dir noch ein wichtiges Grab zeigen, nämlich vom Tiger-Manuel aus Portugal, ein ganz junger Mann, der ist bald nach dem Krieg, nein später irgendwann, von zu Hause abgehauen aus Portugal, hab dir das schon angedeutet. Er war erst sechzehn Jahre alt, ist als blinder Passagier teilweise mit einem Schiff und dann mit dem Zug gefahren. Und immer wieder zu Fuß. Ausgekochter junger Mann? Hatte etwas ausgefressen, glaube ich. Oben bei Lissabon gibt es kilometerweit hohe Klippen. Davon hat er gefaselt und dabei geweint, der Junge. Wollte immer mit dem Kopf durch die Wand. Halb tot vor Anstrengung und Hunger ist er bei uns gestrandet. Holtmanns haben ihn gepflegt, dann kam die Polizei. Er hat rasende Angst gekriegt, konnte kein Deutsch, weißt du? Er ist vor Angst gestorben, könnte man sagen. Revolution oder was. Nun liegt er bei uns auf dem Friedhof und kein Mensch außer mir besucht ihn. Die Mutter wusste erst Bescheid, als ich ihr über das Meldeamt geschrieben hatte, dass er krank war. Sie hat sich einmal blicken lassen. Das war alles. Man hätte ihn ja nach Portugal überführen lassen können. Aber Geld hatte die bestimmt nicht, so viel ist sicher! Aber wenn er nun 'ne Art Verbrecher war?«

Nicola lässt sich einlullen von Svens Erzählmusik. Sie bekommt nichts mit. Was wollte sie denn eigentlich?

Ach ja, zu den Flüchtlingen, Papa ausfindig machen, herrje, so ein Mist alles!

Das Eingangstor zum Friedhof steht offen. Vom breiten Sandweg im Eingangsbereich ist auch das letzte bisschen Schnee verschwunden. Das Teilstück vor der Kapelle ist schon mit frischem Kies bestreut. Die Bänke links und rechts des breiten Weges sind aus der Winterversenkung hervorgekommen: sichere Zeichen für das Ende des Winters. An der erstbesten Bank lässt Nicola die Schubkarre aus den Händen rutschen und sich auf die Sitzfläche der Bank plumpsen.

»Vorsicht, frische Farbe, willst du festkleben?«, ruft Sven erschrocken. Sie erhebt sich träge, prüft mit der Hand und stellt fest: »Nix, klebt nicht.« Sie lässt sich wieder fallen, immer noch mit einem dumpfen Gefühl, dass sie keinen klaren Gedanken finde. Schließlich steigt ihr ein Geruch in die Nase: Oh, wie die Luft duftet! In Wellen weht sie von der Schafweide herüber. Jetzt wird Nicola allmählich munter.

»Und wo ist nun das Grab von Tiger-Manuel, der von zu Hause abgehauen ist?«, fragt sie im Handumdrehen. Irgendeine spannende Geschichte muss ihr die Zeit vertreiben, bis sie endlich in die Schule fahren kann. Aber Sven winkt ab. Er hat genug erzählt. Nun setzt er sich neben sie und stochert mit der Spitze seines Spazierstocks im Kies herum.

»Heute bin ich ohne Verband gekommen. Ist gut so, aber irgendwie hat mir das Zeug auch Halt gegeben«, meint er. Eine Weile schweigt er, was für ihn ungewöhnlich ist. Dann mustert er das Mädchen von der Seite her. Er fragt sich wohl, warum sie auf einmal mehr wissen will über den jungen Kerl. Immer hörte sie ihm nur mit halbem Ohr zu. Das war nicht so richtig nett. Und was ist mit dem Klimpergeld? Er hat sie immerhin reichlich belohnt. Die Münzen kann sie später in der Stadt verkaufen, wenn sie Lust dazu hat.

Aber er besinnt sich. Zu sehr juckt ihn die Lust, zu erzählen. Das weiß Nicola inzwischen.

»Verrückt war der. Du hast nicht aus ihm rausgekriegt, was er eigentlich auf dem Kerbholz hatte. Na gut, kannst ja loslaufen und sein Grab suchen, wenn du in der hintersten Ecke zur Schafweide hin überhaupt noch was findest nach dem langen Winter, vielleicht ein Stück altes Holz mit seinem Namen drauf? Wir bleiben so lange hier sitzen. Was, Waldi?«

TIGER-MANUEL

Nicola hat ebenfalls nicht die beste Laune. Mit ihren Stiefeln tritt sie die grauen Grasbüschel zwischen den einzelnen Gräbern platt. Die Namen auf den Grabsteinen interessieren sie nicht. Ob einer vielleicht Bauerhuber heißt oder Schrobbstein. Als sie gar nicht mehr weiß, wo sie in diesem Meer von Gräbern suchen soll, steuert sie auf den Rest der alten Friedhofsmauer zu. Von Opas Grab hat sie lange nichts wissen wollen. Hier und da muss sie noch kleine Inseln des letzten Schnees überspringen. Hinter einer längeren Buschreihe kommt ihr die Gegend bekannt vor: lauter ordentlich gepflegte kleine Gärten im Miniformat, belegt mit Tannenzweigen in Reih und Glied. Im Grunde sehen sie alle gleich aus. Da, der Stein neben dem grauen Findling, das ist das Grab von Großvater Albert Meyenstett.

»Warum hast du Oma immer deinen Rauch ins Gesicht geblasen? Weißt du, dass so was richtig gemein ist?«, fragt sie durch die Erde hindurch.

»Ach«, grunzt sie, »was soll das? Der hört das nicht mehr. Mit dem ist es aus!«

Sie geht an der Mauer entlang, bis der Drahtzaun anzeigt, dass an dieser Stelle die ungepflegten Gräber beginnen. Der Draht ist durch hohe Abfallhaufen verbogen. Am besten behält sie den Zaun als Richtlinie vor Augen. Drüben liegt dann die Schafweide. Am Ende wird sie so zum Eingangstor zurückfinden.

Verdrossen prüft sie mit flüchtigem Blick einzelne Gräber, nirgendwo sind alte Holzteile zu sehen. Einmal bückt sie sich. Die tief eingekerbten Stellen an dieser alten Latte ergeben keinen Zusammenhang. Man kann die Zeilen nicht mehr lesen.

Tiger-Manuel war sechzehn Jahre alt. Ich werde im Mai vierzehn. Am liebsten würde ich gleich fünfzehn sein, das wäre echt was! Etwas älter zu sein und dann einfach loszulaufen in meinem Ärger. Erst mal über diesen kaputten Zaun, dann über die Schafweiden, dann querfeldein nach Laubheim, da in den Zug rein. Ohne Fahrschein. Der Schaffner kommt an und fragt: ›Wie alt bist du denn, kleines Fräulein?‹

Und man muss zugeben, dass man noch nicht erwachsen ist. Diese Schande!

Sie hebt den Kopf. Zu Fuß nach Laubheim ist es schon weit! Oder doch nicht so weit? Sie drückt den niedrigen Drahtzaun in Fußtiefe herunter und steigt hinüber. Vor ihr liegt die grüne Weide.

Jetzt ist ihr sonnenklar, warum der Junge »Tiger-Manuel« genannt wurde. Ein richtiger Kerl war er, einer, der sich durchbeißen konnte, der etwas riskiert hat. Aber hier in Unterhofen muss er durchgedreht sein, ojemine!

FLUCHT EBEN

Nicola schaut sich den brüchigen Zaun an: Er ist vollständig durch hohes Gras überwachsen. Verbogene Gießkannen und Müll aller Art verzieren ihn nicht gerade. Niemand gibt acht auf ihn. Von der Weide her könnten ihn sogar die Schafe in einem Anfall von Übermut niederwalzen. Aber was wollen sie auf einem Friedhof? Umgekehrt sieht es anders aus. Mit Leichtigkeit käme sie hinüber. Niemand würde sie daran hindern, loszugehen oder zu laufen. Der Manuel muss auf seinem langen Weg viele Stellen gefunden haben, wo eine Tür nicht hielt. Mit einem Tritt dagegen wird sie eingebrochen sein. Dahinter verbarg sich vielleicht ein altes Bett. Eine Nacht war gesichert. Wie mag er auf ein Schiff hinaufgekommen sein? Hat er behauptet: »Ich bin zum Kapitän bestellt; er braucht mich als Schiffsjungen.«

Wem mag er die Wahrheit gesagt haben über das wenige Klimpergeld in seiner Tasche? Bestimmt hat er Himmel und Hölle zusammengelogen. Er wollte so dringend weg, vielleicht deshalb nach Deutschland, weil er dachte, dort würde man an sein schwieriges Schicksal glauben? Wenn die Menschen zusammensaßen, erwähnten sie Deutschland mit seinen vielen guten Seiten. Dort sperrte man jemanden nicht einfach ein …

Sie, Nicola, ist bereits in diesem Land. Trotzdem will sie weg von hier. Sie hat ja ihre Vorstellungen.

Sie will mit mehr Nähe und Liebe zwischen den Menschen leben, andersherum als die Flüchtlinge in der Schule und als Manuel, aber in der Summe bleibt es gleich: Flucht eben.

Mit dreizehn oder vierzehn Jahren kann dich jeder Polizist am Arm packen und rufen: »So nicht, mein Kind!«

Sie schrickt zusammen: Was war das? Ach, nur der Dackel Waldi im hohen Gras. Er will sie abholen. Nicola möchte jetzt nicht durch ihn gestört werden und stößt ihn von sich weg. Ein klagender Hundelaut entfährt ihm.

Oh, dieses Tier. Sie bückt sich, lockt ihn wieder heran: »Komm auf meinen Arm, kein Bellen jetzt!«, bittet sie den Hund.

Von der Bank aus winkt Sven mit seinem Stock. Langsam tritt sie den Rückweg an.

»Guck mal, ich habe dir ein Bild gemalt, eine Landkarte. Die halbe Welt siehst du hier. Die Badewanne in der Mitte ist das Mittelmeer. Ganz oben meine alte Heimat Norwegen. Da, an dem Hals von Schleswig-Holstein dran, das ist Hamburg. Die blaue Ader ist die Elbe. Von da gehts nach Süden. Sieh mal, das Quadrat an der Badewanne steht für Spanien und Portugal. Der Stiefel ist Italien. In diesem Bogen liegen der Libanon und Israel mit Palästina, dahinter Syrien und auf der Afrikaseite findest du Ägypten. Was sagst du nun?«

Sie schweigt einen Moment, schluckt gegen die Tränen an, betrachtet verlegen seinen Stock, der abrupt über der Zeichnung auf dem Kies am Boden innehält. Dieser Mann ist ihr im Grunde genommen fremd. Merkwürdig, dass gerade ihm gegenüber etwas aus ihrem Innersten herausdrängt!

Wieder schluckt sie einen Brocken hinunter: Nur nicht weinen jetzt! Sie entschließt sich, möglichst leise zwei Sätze zu flüstern: »Was ich am liebsten möchte? Auch so loslaufen wie der Manuel. Nur nicht sterben, nein, das überhaupt nicht!«

EIN MENSCH NAHT

Na, na, doch nicht gleich so«, brummelt er und lässt den Stock fallen. »Wohin willst du denn auch laufen? Hast du überhaupt das Grab gefunden?«

Sie schüttelt den Kopf.

»Hilf mir mal hoch. So, wo ist der Stock? Wenn ich mitgehe, haben wir vielleicht Glück. Komm, mein Dackel, die paar Meter schaffst du noch, hopp!« Sven ist richtig unternehmungslustig, so scheint es Nicola.

Sie durchqueren hintereinander die wenigen Grasflächen und alten Gräberfelder. Ab und zu schlägt Sven allzu hoch gewachsenes Gras beiseite. Die wenigsten Namen auf den verwitterten Grabsteinen sind zu entziffern. Am Zaun angelangt zeigt Sven auf ein vollkommen zugewachsenes Geviert und stellt fest: »Das hier ist es meiner Meinung nach. Ist ja wohl die Hauptsache, die Stelle ungefähr zu kennen, nicht wahr? Wer konnte denn auch ahnen, dass nach Jahr und Tag noch mal jemand nach dem fremden Jungen fragt! Mann, der Zaun ist aber auch gewaltig runtergetreten, sieht ja schlimm aus! Das sollen mal die Schafe spitz kriegen«, bemerkt der alte Mann.

Genau in dem Moment hebt Nicola den Kopf. Ihr Blick fliegt über die Weide bis hin zum Schafstall.

»Da ruft doch einer?«, meint sie beunruhigt. Auf der ersten Weide macht sich ein Mensch bemerkbar, ein fremder Mensch. Eine Frau? Nicola steht starr: Das ist doch nicht die Großmutter mit ihrer schiefen Schulter und dem dunklen Tuch am Hals. Diese Person ist hell, sogar bunt gekleidet. Wer kann das sein? Warum überhaupt durchquert ein Mensch die Weide und nimmt nicht die Straße? Diejenige Person muss sich mit dem Doppelverschluss am Zaun auskennen. Sie steuert auf die beiden zu, Sven mit dem Dackel auf dem Arm und Nicola, die jenseits des Zauns nun sehr gespannt ihr entgegensehen. Ihnen wird zugewinkt: Ist das zu glauben? Die Person in seltsam locker hängenden Kleidern dort auf der Weide stürzt ihnen auf den letzten Metern entgegen. Abgehetzt, im Gesicht steht eine starke Emotion. Angst vielleicht? Die Haare hält sie unter einem Tuch verborgen wie ein Mensch, der sich unkenntlich machen will. Die Flüchtlinge in der Laubheimer Schule haben solche Tücher bei sich. Jetzt stößt die Frau einen Schrei aus: »Nicola! Ich bin es doch! Deine Mutter, erkennst du mich denn nicht? Was ist los mit dir? Ich habe mich so gefreut auf dich, hörst du? Steh doch nicht da wie ein Ölgötze!«

Die beiden auf der anderen Seite des Zauns verstehen immer noch nicht, was Sache ist. Dann ist die Frau nah heran: Sie drückt mit Gewalt den Zaun so weit herunter, dass sie hinübersteigen kann, hektisch, ihr Kleid bleibt am Saum hängen. Abrupt reißt sie es los. Es sitzt sehr locker, flattert um sie herum und verheddert sich noch einmal, sodass ein Stück Stoff lose zu schleifen beginnt. Nicola ist regelrecht verstört von diesem Anblick. Ihre elegante Mutter kann sich doch nicht so verstellen. Es muss sich um eine Verwechslung handeln. Vielleicht ist sie eine der Mütter, die in der Schule untergekommen sind – vielleicht die von Nermin – losgelaufen, um sie, Nicola, zu suchen? Um Hilfe zu bitten? Was weiß man denn? Wie war das – Frau Schmidt hatte sie doch mit ihrem Namen vorgestellt! Das Mädchen erfasst erst ganz allmählich, dass sie tatsächlich ihre Mutter vor sich hat, vor allem, als diese den Kopf starr nach oben reckt, so eigentümlich, als hätte sie einen eisernen Willen. Diese Haltung kennt Nicola. Wenn diese Person ihre Mutter ist, in welch schrecklichem Zustand ist sie nur zurückgekommen? Bevor es endlich eine richtige Begrüßung geben kann, liegt das Kopftuch schon am Boden. Waldi wird aufmerksam und will von Svens Arm herunter. Das seltsame Ding da im Gras möchte er schnappen. Sven achtet nicht auf seinen Hund. Mein Gott, hier spielt sich gerade eine schlimme Geschichte ab, in der er mittendrin steckt! Was soll er bloß mit dieser Frau anfangen? Er kennt sie nur aus der Entfernung. Ihr Mann, also Nicolas Vater, der ist ja nun der Sohn der Großmutter da hinter der Schafweide, mit dem hat er schon manches Wort gewechselt, der ist ein Idealist.

Nicola fällt ihre Frage ein. Mit scharfer Stimme fragt sie: »Warum rennst du über die Weide? Die Straße ist gleich nebenan, warum tust du so was. Nichts, was du tust, verstehe ich!«

Nicola weicht so weit zurück, bis ihr Fuß schmerzhaft an einen Grabstein stößt.

»Au!«, ruft sie. Sie will nicht von ihrer Mutter umarmt werden nach dieser langen Zeit des Wartens und der Unsicherheit. Aber die Mutter macht ebenfalls einen Schritt, nach vorne.

»Du bist doch meine Nicola? Willst du mich etwa verleugnen? Zuzutrauen wäre dir das.«

Der ärgerliche Ton scheint nun gar nicht zu dem ganzen Auftritt zu passen. Die Frau besinnt sich aber gleich, klingt wieder mütterlich: »Kind, endlich bin ich wieder bei dir! Ich bin zurück aus Kairo. Gerade als ich bei der Oma am Tor stand, kam die Nachbarin vorbei. Sie wusste, dass du zum Friedhof hinauf bist mit Sven Björnson. Ich sah euch schon von Weitem hinter dem Zaun stehen. Ach, ist mir elend von allem, was ich erlebt habe – darf ich euch nicht endlich begrüßen?«

»Nein, ich ...«, bekommt sie unvollständig zur Antwort. Nicola weicht noch einmal aus. Sie hält den Kopf gesenkt wie ein ganz junges Kind, das man zu häufig am Ärmel gepackt und irgendwohin geschubst hat.

Der alte Sven erholt sich als Erster. Er nimmt die Mutter bei der Hand, um sie auf ein freies Stück Gras zu ziehen, wobei das Kleid an der zerrissenen Stelle hinter ihr her schleift. Hier müsse jetzt ein klares Wort gesprochen werden, findet Sven.

»Frau Hanne, hören Sie mal, Sie sollten begreifen, dass wir mächtig überrascht sind, verstehen Sie? Wir reden hier auf dem Friedhof gerade über alte Geschichten von früher, was hat man nicht alles erlebt. Das Kind möchte sich doch etwas vorstellen von der Welt, bleib mal ganz ruhig, ich habe dich jedenfalls erkannt. Wir waren eben ganz woanders, wir suchten nämlich das Grab vom Tiger-Manuel. Hab Geduld mit dem Mädchen, sie wird schon zu sich kommen!«

Vor Aufregung ist er ins Duzen verfallen. Das »Sie« zwischen den Menschen kennt man in Unterhofen gar nicht richtig. Und doch ist jeder Einzelne sehr mit seinen eigenen Problemen beschäftigt. Jeder lebt aber sein Leben, das muss wohl auch so sein.

Diese Gelegenheit nutzt das Mädchen, um im Nu hinter den Büschen zu verschwinden.

Es läuft in langen Sätzen die Straße entlang, weiter, immer weiter. Ehe die beiden Erwachsenen sich recht besonnen haben, ist das Kind verschwunden.

Der Hund Waldi bellt enttäuscht.

Sven nimmt seine Mütze ab und klopft sie über seinem Knie aus.

»Donnerwetter, laufen kann sie. Tja, und eine große Hilfe ist sie mir bei meinen Unternehmungen mit dem Dackel, der hat nämlich wie ein Mensch mit Rheuma zu tun. Weil wir in Unterhofen keinen Tierarzt haben, ist Michael Holtmann mit mir nach Laubheim gefahren. Waldi ist ja gar nicht einfach so alt geworden, nein, dem muss alles wehtun, wegen einer Säure in den Knochen. So ein Tierarzt ist ein wahrer Segen. Und der Holtmann auch, der ist auch ein Segen, den kennst du wohl nicht so recht, Frau Hanne?«

Sie schüttelt abwesend den Kopf. Ihre Gedanken, wo hat sie die? Sven schaut sie gründlich von der Seite an. Ihr Blick läuft dauernd auf der Straße entlang und springt hinüber auf die Schafweide – ihrem Kind hinterher. Sven will sie ablenken. Er schlägt vor: »Immer mit der Ruhe. Und wenn es bei der Beerdigung ist – sie wird sich wieder zeigen, das kann ich behaupten. Meine Liebe, da hinten auf der Bank haben wir gesessen mit dem Tier. Sie wollte unbedingt wissen, wer ›Tiger-Manuel‹ war. Die Geschichte habe ich kurz erwähnt. Hier am Zaun haben sie ihn damals begraben, den fremden Jungen mit dem Heldenmut und der Heldenwut, kann man wohl sagen. Na, man findet nichts mehr, keine Spur. Es ist ein Elend. Manchen Nichtsnutzen werden große Denkmäler gesetzt, aber die kleinen Helden beweint man nicht und als Denkmal gibt es höchstens ein Holzkreuz, das in zwei Jahren vermodert ist. Aber ich halte hier die Stellung. Ich habe begriffen, dass die Toten nur zum Schein tot sind. Mit unseren Gedanken kriegen wir sie aus dem Grab raus. Da hinten auf der Bank habe ich eine Zeichnung vom Mittelmeer im Kies angefertigt, damit sie sich ungefähr vorstellen kann, wo Portugal liegt, Ägypten und all die Länder, sogar Norwegen, wo ich herkomme.«

DIE BADEWANNE GENANNT MITTELMEER

Das hatten sie vielleicht schon in der Schule, aber in ihrem Kopf war das nicht drin. Sie sagte dann noch, am liebsten würde sie auch weglaufen – so wie der! Denk mal, was das Mädchen alles mitgemacht hat, und dann das Beispiel mit dem Tiger-Manuel!« Er deutet auf das Grab. Er bückt sich, um ein paar lange Winterhalme abzureißen, richtet sich auf, zeigt auf den niedergerissenen Zaun und erklärt: »Fass mal mit an, der Draht kann nicht so bleiben. Wenn die Schafe da rüberhüpfen, dann haben wir den Salat, dann gibt es Ärger, fass mal rechter Hand an und ich hier mehr links. Du hältst tüchtig fest und ich ziehe mit Gewalt und häng ihn einfach über den nächsten dicken Pfahl. Das müsste genügen. Und dann wollen wir uns auf der Bank ausruhen, am großen Weg zur Kapelle, einverstanden?«

Die Mutter betrachtet nun auch Sven genauer, wie er vorsichtig nach seinem Hund langt.

Wie er ihn zärtlich hochnimmt, wie er ihn kurz an sich drückt und dann lacht. Schließlich meint er: »Frau Hanne, deine Nicola hat mir in Holtmanns Schubkarre das Tier geschoben. So konnte es mit auf den Friedhof. Ich hatte mir nämlich auf einem eisglatten Stein den Fuß verstaucht letzte Woche, so war das!«

»Ach!«, antwortet sie müde. »Aha!«, hängt sie noch dran. In Gedanken scheint sie nicht auf dieser Welt zu sein.

Sven beobachtet sie noch genauer: Hat sie nicht schon graue Strähnen im Haar?

»Tja, von nichts kommt nichts und von viel kommt viel. Mal abwarten, ob sie zwischendurch eine Erklärung abgibt«, brummelt er.

Sven geht voran, Frau Hanne mit ihrer komischen bunten Tasche hinterher. Immer durch die Grabreihen hindurch.

»Diesen Friedhof hier kenne ich nur von Schwiegervaters Beerdigung her, der liegt irgendwo an der Mauer zum Feld rüber, das weiß ich noch, ich habe immer weithin die Augen offen gehabt. So ein Gefasel vom Laubheimer Pastor; war aber auch ein schwieriger Mensch, der Opa. Na, einfach sind sie alle nicht, du kannst nur ackern als Mutter, damit nicht alles auseinanderbricht. Nun bin ich sogar seinem Sohn nach Kairo hinterhergefahren und was hatte ich davon? Schauen Sie mich mal genauer an!«, sagt sie von der Seite her. Ihr Gesicht rötet sich mit einem Mal.

Bis sie die Bank erreicht haben, beschäftigt sich Sven mit dem Dackel auf seinem Arm. Als die Wege breiter werden, lässt er ihn endlich auf den Boden plumpsen. Von hier an kennt der Dackel den Weg und steuert die Bank an.

Aber Frau Hanne will sich nicht setzen.

»Die Schwiegermutter erwartet, dass ich zuallererst sie aufsuche, ich sollte mich beeilen«, meint sie zögernd, »aber andererseits wird sie so oder so ein Heidentheater veranstalten. Bestimmt kann man das Geschimpfe bis hierher hören. Als Schwiegertochter wollte sie mich damals überhaupt nicht annehmen. Ihr Herr Sohn brauchte eine praktische Frau, eine nach ihrem Sinn. Aber was sollten wir machen? Es war unser Leben. Außerdem war das Kind unterwegs. Mit ihrer Tochter Sabine ist sie auch zerstritten. Die hat trotzdem ein Studium angefangen, das hat der Opa teilweise heimlich bezahlt. Es gibt nur Dickköpfe in der ganzen Familie und manchmal weiß der eine nicht, was der andere gerade vorhat. Das kannst du mir glauben! Ich war schon drauf und dran, mich scheiden zu lassen, so schlimm das auch für Nicola gewesen wäre.«

»Und nun kommst du aus Kairo zurück, liebe Frau Hanne? Ich darf doch Du sagen, wo ich mit dem Kind so wunderbar dran bin!«

Ohne es recht zu bemerken, nickt sie.

Vor ihnen auf dem Boden breitet sich die unzerstörte Zeichnung von Sven aus. Kein Mensch weit und breit, der sie mit den Schuhen hätte zertreten können. Sven zieht den Stock aus seiner Armbeuge. Mit der Spitze umkreist er das Mittelmeer auf der Zeichnung und sagt: »Das ist die große Badewanne, siehst du, und da an der großen verzweigten Flussmündung, das ist ja nun Kairo, die Riesenstadt, in der man glatt untergehen kann als Europäer. Die Stadt ist nicht Oslo oder Berlin, was würdest du sagen?«

»Ich möchte gar nichts sagen, so was von müde wie ich bin, das kann sich keiner vorstellen. Von Genua aus hatte ich den Hin- und Rückflug gebucht. Nach Gebrauch habe ich meine Papiere immer in der Bauchtasche versteckt. Als ich in Kairo ankam, stand ein Mann an der Sperre, der das Schild meines Hotels hochhielt, kein großes Haus, es heißt Mare. Gibt es auch überall da, wo Wasser ist. Er kam zielsicher auf mich zu. Wir sind schon einmal dort gewesen, letztes Jahr, als von der Solarfirma jemand hingeschickt werden sollte zum Aufbau einer Station in der Wüste zur Energiegewinnung. Tja, damit fing alles an. ›Sie allein, Mann in Wüste bei Arbeit?‹, wurde ich sofort auf Deutsch angesprochen. Ohne weiter zu fragen, stieg ich in sein Fahrrad-Taxi ein. Am nächsten Morgen, als ich zur Fahrt in das Camp meines Mannes in der Halle bereitstand, in meinen Kakihosen und dem Sonnenhut in der Hand, behauptete der auf Englisch, dass sein Freund krank geworden sei. Er habe aber einen Rover vor dem Hotel und würde mich sicher zu meinem Mann bringen. Kurz und schlecht: Nach endloser Raserei über verschiedene Wüstenpisten kamen wir ins Lager, total erschöpft. Wir tranken und stärkten uns. Der ägyptische Fahrer wollte umgehend wieder starten. Nachdem ich mich überzeugt hatte, dass mein Mann dort in Ruhe arbeiten könne, fuhren wir nach Kairo zurück. Das war der letzte Kontakt mit meinem Mann und dem Camp überhaupt, für lange Zeit. Der Typ nahm mich mit zu sich nach Hause, ›for safety‹, wie er sagte. Ich begriff nicht sofort, dass ich in Gefahr war und mein Mann ebenso. Wie lange er mich in seiner Wohnung festhielt, kann ich gar nicht sagen. Seine Frau war immer in einem der anderen Zimmer. Ich sah sie kaum. Die Tür wurde verschlossen. Wir waren beide eingeschlossen. Die Frau war noch schlimmer dran als ich – sogar in der Wohnung musste sie anscheinend ein Kopftuch tragen – bei all der Hitze dort. Ein verschüchtertes, ganz junges Wesen brachte mir ab und zu etwas zu essen.

Also, ich möchte im Moment nichts mehr sagen, es regt mich zu sehr auf. Jedenfalls habe ich jeden Tag in seiner Anwesenheit den Kaffee trinken müssen, der mich sofort taumelig machte.

So. Sie, Herr Björnson, haben ja eine gute Fantasie, denke ich. Heute weiß ich, dass eine bewaffnete Bande das Camp überfallen hat. Sie waren auf Handys aus. Sie wussten auch, dass die Leute Zweitgeräte hatten und spezielle Ladestationen. All das haben sie mitgenommen. Als mein Mann sich wehren wollte und sie anbrüllte, er werde das Ministerium in Kairo alarmieren, lachten sie und schossen um sich. Soviel weiß ich von einem Kollegen, der mit einer Beinverletzung davongekommen ist. Wie es meinem Mann geht, weiß ich nicht. So, nun will ich nach Haus zu meiner lieben Schwiegermutter, ja?«

Schweigend räumen sie die Bank. Sven holt die Schubkarre aus dem Gebüsch und hebt seinen Hund hinein. Bis zum Tor kann er die Karre schieben, dann nimmt ihm Nicolas Mutter das Gefährt aus der Hand.

Jetzt am späteren Nachmittag begegnen ihnen einige Leute. Die meisten grüßen mit einem Kopfnicken. Auf die seltsame Person mit der Karre und dem Hund darin blicken sie erstaunt. Eine Frau mit einem Korb Frühlingsblumen auf dem Gepäckträger ihres Fahrrads lacht Sven zu. Sie ruft: »Na, Sven, wird Frühling, was?«

Und tatsächlich: Der Himmel färbt sich allmählich orange ein. Spätnachmittag schon. »So schön zeigt sich die Natur. Was ist der Mensch dagegen?«, kommentiert Sven.

SVEN IST EIN KUMPEL

Sie ziehen weiter. An der Schafweide stehen sie still, um sich auszuruhen. Frau Hanne Meyenstett fährt sich mit einem Zipfel des Kopftuches über die Stirn. Sie hat es locker um den Hals geschlungen. Augenblicklich recken alle Schafe sogleich den Kopf, es gibt ein Rennen zum Straßenrand hin. Was mögen sie vorhaben? Waldi richtet sich auf und lässt ein kräftiges Bellen hören. Im Nu stieben die Schafe wieder auseinander.

»Sie denken an die Abendfütterung, haben nur die falsche Richtung eingeschlagen, Rainer Senft füttert dicht beim Schafstall. Aber der Name sagt dir wohl nichts?«, merkt Sven an. Die Mutter ist ein wenig beschämt. Nein, sie kennt kaum Leute in Unterhofen. Die Verhältnisse um sie herum, besonders innerhalb der Familie und an ihrem Arbeitsplatz waren so verworren und belastend, dass in ihrem Gedächtnis der Platz zu eng wurde. Dann die Abordnung ihres Mannes durch die Solarfirma in Braunschweig. In die Wüste Sahara sollte es gehen, mit einem verlässlichen Team.

»In Ägypten ist es wieder ruhig«, bekam sie vor ein paar Wochen zur Antwort, als sie anrief in der Firma, erzählt Frau Hanne. »Außerdem, Frau Meyenstett, die Solarenergie ist unsere Zukunft. Und dort in den südlichen Ländern braucht man die Energie nur abzuschöpfen. Sie bekommen doch selbst die meiste

Energie ab. Können froh sein, denke ich! Machen Sie sich mal keine Sorgen! Als ob es mir nur darum gegangen wäre! Ich konnte mein Leben einfach nicht mehr in den Griff bekommen, so nennt man das doch?«, fasst sie ihre Erklärungen zusammen.

Dann stehen sie an der Pforte des Hauses, in dem Nicolas Großmutter wohnt. Als hätte sie eine Ahnung gehabt, öffnet sich die Tür. Sven will sich schnell verabschieden. Er nimmt die Schubkarre schon hoch, da besinnt die Mutter sich. Sie bittet mit gesenktem Kopf: »Kannst du, nein, können Sie kurz mit ins Haus kommen? Ich kann die Sache nicht allein bewältigen, glaube ich!«

»Der Hund muss mit, er darf aber nicht«, antwortet Sven. Sie besinnt sich kurz. Dann fällt ihr ein Satz ein, der ihr ganzes Leben irgendwie einzuschließen scheint: »Ich glaube, die Zeiten müssen sich ändern, bitte, wir nehmen den Dackel einfach mit. Wenn sie ausfallend wird, nehme ich mir in Laubheim ein Zimmer! Ostern findet bei ihr ja nichts statt in diesem Jahr. Na, mal sehen!«

WEGLAUFEN

Nicola läuft und läuft. Immer weiter in einem Stück vom Friedhof bis zum Waldrand hinter Holtmanns Hof.

Weiter, denkt sie, *weiter!* Aber so weit, wie sie gehofft hatte, kommt sie nicht.

Der Wald bildet eine durch den Wind bewegte Wand, die ihr Angst einjagt. Soll sie da drin verschwinden? Sich verstecken, nur für ein paar Stunden? Obwohl ihr vom Laufen heiß ist, fühlt sie doch ein Frösteln den Rücken hinunterlaufen. Unschlüssig wendet sie sich wieder Holtmann Gehöft zu. Sie kennt es eigentlich nicht. Und doch strömen die Gebäude ringsum eine Vertrautheit aus. Schritt für Schritt nähert sie sich wieder. Im Innenhof weiß sie den Anbau, in dem Sven wohnt. Das eine große Zimmer – so lieb eingerichtet.

Als sie auf eine Ziegelmauer stößt, die in ihrer Mitte ziemlich hoch gebaut und mit einer morschen Tür versehen ist, will sie verschnaufen. Büsche und struppige Holunderbäume schützen gegen den Wind. Die Sonne hat die roten Steine aufgewärmt. Gemütlich kommt ihr der Platz vor. Sie setzt sich, zieht die Beine unter sich und beginnt zu überlegen. Aber ihre Gedanken finden keinen Weg ins Freie.

Meine Mutter ist also gekommen? Warum kann ich mich nicht erlöst fühlen? Sie wird mich bestimmt sofort nach Hannover mitnehmen. Damit hätte das Warten zu Ende! Aber wäre es das, was ich wirklich am richtigsten fände? Jonas ist mir hier doch näher und auch Sven mit seinem Hündchen.

Irgendetwas sperrt sich so gewaltig, dass sie aufspringt und ein paar Mal wild gegen die Pflastersteine tritt. Das ganze Verhalten der Mutter – im Hintergrund die Großmutter – der abwesende Vater!

Was ist mit Papa los? Lebt er überhaupt noch?, fragt sie sich schon zum dritten Mal. Plötzlich will sie nicht mehr weg.

Könnte sie doch einfach hierbleiben in der Nähe der Gebäude, die aus Fachwerk gebaut worden sind. Lauter Vierecke von braungestrichenen Balken umgeben. Sie schaut um sich. Wenn nur der Jemand auftauchen würde, an den sie heute noch gar nicht denken konnte!

Sein Name, »Jonas«, liegt ihr auf der Zungenspitze und will heraus aus ihr. Deutlich hörbar pocht es gegen die Innenseite ihrer Brust. Flüchtig streicht sie über die Wölbung unter ihrem Anorak. Was tut man, was machen die anderen in ihrem Alter? Sie wissen angeblich alles über das Leben, das nach der Kindheit kommt. Manche schminken sich schon mit dreizehn Jahren. Viel zu lange sieht sie sich am Rand stehen und grübeln über das wirklich wahre Gespür, das ihr den Weg zeigen könnte aus dem Wirrwarr heraus. Opa meinte früher der Oma gegenüber: »Das Grübeln taugt zu gar nichts, denken muss der Mensch!«

Weiterlaufen wie Tiger-Manuel und sich irgendwo total gut verstecken oder auf Jonas warten. Falls er sie gern hat, wirklich und wahrhaftig lieb hat, dann würde er sich aufmachen. *Wo Nicola bleibt? Ob sie noch nicht zurück ist mit Sven und dem Dackel? Ob ich mal in seiner Wohnung nachschauen gehe?*

Es wird immer später, die Sonne schickt ihre Strahlen durch die Tannenspitzen im Hintergrund und spiegelt sich wirr in den Fensterscheiben der Scheune.

Die Tür linker Hand von ihrem Platz – wohin mag sie führen? Sie kennt die heimlichen Verstecke auf diesem Hof gar nicht. Ihr Atem geht wieder ruhig. Sie erhebt sich, schaut herum. Könnte man sie entdecken? Das möchte sie eigentlich nicht – außer, wenn Jonas käme. Und falls stattdessen Herr Holtmann über den Hof stapfen würde, um nach dem Rechten zu sehen? So wie der Großvater mit seiner Pfeife jede noch so kleine Ecke untersucht hat, bevor er abends zu Bett ging?

»Was hast du vor, mein Madl?«, würde Herr Holtmann sie vielleicht erstaunt fragen.

Oder die Frau Inken, die im Haushalt hilft? Wenn sie nun nachsehen käme, ob ein Huhn seine Eier hinten in der Ecke versteckt hat?

Vorsichtig vergrößert sie den Spalt. Die Scharniere quietschen gewaltig. Auseinanderbrechen darf die Tür nicht – dann hätte sie keinen Schutz mehr zur Außenwelt hin – falls sie eine Weile bleiben würde. Im dunklen Eingangsbereich erkennt sie Bretterregale, auf denen ein paar verschrumpelte Äpfel liegen. Der dumpfe Geruch stört nicht so arg. Die Regalbretter leuchten ihr freundlich weiß entgegen. Im Nu hat sie sich auf eines der unteren Bretter gelegt. So, nun ist es erst mal gut! Ein Sonnenstrahl drängt sich fast unmerklich durch eine größere Ritze in der Wand. Er kriecht so weit in die enge Höhle, dass sie alte grüne Flaschen erkennen kann, mit einem enormen Bauch.

Da drin lagern die Leute auf dem Land Wein. Sie verstehen sich auf die Herstellung. In Norddeutschland hat sie solche Dinger noch nie gesehen. Spinnweben überall. Sie glitzern silbern im Licht eines Sonnenstrahls. Mücken tanzen dazwischen herum. Ein altes Bilderbuch fällt ihr ein, ein Märchen?

Hänsel und Gretel verliefen sich im Wald. Es war so finster und auch so bitterkalt. Sie kamen an ein Häuschen ...

Nicola zieht den Anorak aus, um sich ganz locker in ihn einkuscheln zu können. Dann legt sie sich wieder hin. Möge kommen, was wolle: Hier ist es gemütlich.

EINBRECHER?

Irgendwann – nach einer Weltreise im Halbschlaf – raschelt es an der Tür. Weißes Taschenlampenlicht dringt statt des gelben Sonnenstrahls durch die verschiedenen Bretterritzen. Nicola fährt aus ihrer gekrümmten Lage hoch. Ist sie doch in den Wald geraten? Der Schlaf auf den harten Brettern hat sie weit weggeführt, das war prima. In Unterhofen ist sie ja nicht einmal bis in die Großstadt Nürnberg gekommen.

In der Ferne hört sie einen Hund bellen. Das führt sie in die Wirklichkeit zurück.

»Ruhig Blut!«, sagt sie sich, während sie langsam die Beine auf den Boden setzt. Inzwischen öffnet eine Hand von außen vorsichtig die Tür. Draußen ist es dunkel. Hu, wer weiß, wie spät es schon ist?

Jemand zischt etwas Unverständliches in einer fremden Sprache. Sie versteht »Cycle?«

»No, no!«, antwortet eine Mädchenstimme. Mensch, sind das Einbrecher? Schlimme Brüder, die einen voller Wut in die Ecke schmeißen, wenn sie das Gewünschte nicht vorgefunden haben?

Oder? Eine Stimme unterscheidet sich von den anderen: Ist das Nermin aus der Laubheimer Schule? Kann das möglich sein? Aber wer sind die anderen?

Drei Personen kann sie von den unterschiedlichen Stimmen her ausmachen, junge Stimmen. Vielleicht handelt es sich tatsächlich um die Jugendlichen aus der Gruppe der Flüchtlinge?

»Nermin, ich bin es doch, Nicola!«, ruft sie laut. Sie springt auf, um die Tür von innen ganz aufzuziehen.

Drei Stimmen kreischen erschreckt. Jemand leuchtet ihr mit einer Taschenlampe ins Gesicht. Svens Dackel keucht heran, freudig hechelt er dem Mädchen um die Beine.

»Hi!«, ist die erschrockene Antwort der drei. Dann fassen sie sich. Wenn Nermin wirklich das Mädchen kennt?

Einer radebrecht: »Ist sie, ja, wir kennen ...«

Jetzt lachen sie alle. Als Sven seinen Dackel eingeholt hat, gibt es nur einen, der staunt, nämlich Sven. Er schimpft los: »Was machst du hier? Weißt du denn nicht, dass sie dich in ganz Unterhofen suchen und sich Sorgen machen? Und was hast du mit den jungen Leuten hier zu tun? Es ist schon weit nach zwanzig Uhr und vollkommen dunkel. Jetzt hör ich den Trupp kommen!«

Taschenlampenlicht flackert hin und her. Eine Stalllaterne wird vorangetragen. Nicolas Knie fangen an zu wackeln, plötzlich jagen ihr kalte Schauer über den Rücken. Der Anorak ist gefüttert, ein Glück! Im Nu sind sie dort, wo Nicola und die anderen sich gerade von ihrem Schrecken erholen, von sechs Personen umringt. In den Gesichtern steht es wie mit Fragezeichen geschrieben.

Jonas mit großen erschrockenen Augen, Herr Holtmann mit gerunzelter Stirn, Nicolas Mutter mit verwirrten Haaren unter dem halb heruntergerutschten Tuch, Frau Schmidt aus der Laubheimer Schule mit einem kleinen Lächeln um den Mund, neben ihr der Dolmetscher. Er hat wohl am wenigsten von allen verstanden, was vor sich geht. Ratlos schaut er immer wieder Frau Schmidt an.

Hinter den anderen klammert sich Sven an seinen Dackel Waldi.

»Kind!«, ruft Nicolas Mutter.

»Nermin, Hassan, Fati!«, schließt sich Frau Schmidt an.

Keine Antwort. Verlegen und wie festgewachsen stehen sie alle so lange auf der gleichen Stelle, bis Herr Holtmann vorschlägt: »Lasst uns mal die Sache drüben klären bei uns in der Diele, nicht wahr, Jonas?«

Jonas schluckt so laut, dass es alle hören können.

»Gut, ja, muss wohl«, antwortet er schnell.

Ein kühler Wind weht. Mit schützend hochgezogenen Schultern streben sie über das runde Pflaster der großen Eingangstür des Holtmannschen Hauses zu. Sven seufzt. Er nimmt Waldi auf den Arm und verschwindet. Diese Geschichte wächst ihm über den Kopf, so scheint es.

ERHOLUNG

Im Moment sitzen sie alle um den großen Kamintisch aus blankem Holz herum, schauen vor sich hin und sagen immer noch nichts. Nicola kennt dieses Haus nur von außen mit seinem hohen Giebel und den blinkenden Fenstern. Wie gemütlich es innen ist. Die große Diele hier – man könnte darin tanzen. Sie schaut kurz zu Jonas hinüber. Er hat sie nicht vergessen. Er lächelt ein bisschen.

Die Mutter ist inzwischen aus dem unpassenden langen Kleid ausgestiegen. Sie schaut starr zu ihrer Tochter hinüber, dann bricht ein Satz aus ihr heraus: »Nicola, wie kannst du mir das antun nach der langen Zeit unserer Trennung? Hast du denn kein Gefühl in dir, wenn deine Mutter auf dich zukommt?« Zuerst schweigt Nicola wie vorher. Sie antwortet: »Nein!«

Dann fällt dem Mädchen der alte Sven ein.

»Wo ist Herr Björnson? Ich darf ihn Sven nennen, er kennt mich, er weiß auch, was passiert ist!«

Jetzt steht Herr Holtmann auf, der neben Frau Schmidt in einem Sessel Platz genommen hatte. Er spricht kurz und abgehackt: »Sven Björnson ist nach Hause gegangen. Er wohnt hier bei uns auf dem Hof. Wir sollten ihm nicht die Sorgen der Welt zumuten, er hat genug mit sich und seinem kranken Hund zu tun. Ihr seid hier in meinem Haus und mein Haus ist kein Gerichtssaal. Mir scheint, heute gibt es wenig zu klären. Zuerst wollen wir uns mal von all der Aufregung erholen und dann sehen wir weiter. Man soll nichts übereilen. Jonas, haben wir in der Küche noch etwas zu essen? Ein bisschen Brot und Käse? Wir stellen das mal auf den Tisch und dazu gibt es einen guten Tee, einverstanden?«

Frau Schmidt und der Übersetzer flüstern miteinander.

»Herr Mursal möchte nur eine Frage stellen, damit er einen kleinen Durchblick bekommt, geht das?«

»Na los«, antwortet Herr Holtmann, »soll er fragen!«

»Polizei nicht holen, ja? Es wurden genommen Fahrräder und anderes. Die Leute arm. Heimat weg. Hier reich. Da nehmen sie vielleicht. Ist nicht gut, können fragen, ja? Junge Leute durften nicht weglaufen! Aber bitte keine Polizei!«

»Wer denkt denn so weit? Na, verstehe: schlechte Erfahrungen. Keine Polizei, nein. Wir machen das allein, nicht wahr, Eva?« Sie wartet einen Moment mit der Zustimmung. Dann meint Frau Schmidt: »Später, ja? Wir müssen nach Laubheim zurück. Ich rufe mal kurz an. Damit sie dort Bescheid wissen.«

Herr Holtmann bezeichnet mit der Hand einen Kreis um die Anwesenden herum. Damit will er ja etwas sagen, findet Nicola. Nun lächelt auch sie. Jonas poltert etwas ungeschickt mit einem Teewagen zurück.

»Der Tee ist gleich fertig, vielleicht kann Nicola mir helfen?« Wieder huscht ihm ein Lächeln über das Gesicht.

Sofort springt Nicola auf, strahlend vor Freude. Sie hilft ihm, den Tisch zu decken, und verteilt die schön geschwungenen Holzbretter.

Auf dem Tisch ist alles da? Nein, etwas fehlt. Auf dem Kaminsims steht eine Kerze. Ein fragender Blick zu Jonas hinüber genügt. Er nickt. Sie stellt sie mitten auf den Tisch.

Das Besteck an jeden Platz. Jonas hat ein Holzbrett zu viel. Sie lacht.

»Wo ist die Küche?«, fragt sie.

Jonas greift nach ihrer Hand.

Oh, wie groß so eine Bauernküche ist und wie schön: Topflappen überall an den Haken hinter dem Herd. Die Gardinen sind gewebt und bestickt, ein blanker alter Herd gibt deutlich Wärme ab. Jonas und Nicola verschwinden hinter dem meterhohen Handtuchhalter, wie er manchmal in Bauernküchen über der Rollvorrichtung neben der Tür hängt. Auf den Bauernhöfen gab es sie überall, so ein Riesending hatten die Großeltern früher auch in der Küche.

Nicola und Jonas umarmen sich. Die Küchentür wird geöffnet, nur ungern lassen sie einander los. Frau Schmidt schaut herein.

»Wird hier Verstecken gespielt?«, fragt sie.

Als sie gerade wieder auf ihre Plätze in der Diele niederplumpsen wollen, horcht Jonas auf, springt zur Tür und öffnet sie einen Spalt breit: Es ist Sven Björnson mit dem Dackel auf dem Arm.

Nun steht er im Eingang und fragt mit gepresster Stimme: »Darf ich reinkommen? Hab vom Fenster aus das Licht hier in der Diele gesehen und mir gedacht, dass Michael Holtmann noch etwas zu besprechen hat mit den Leuten!«

Der winkt ihn heran: »Hast richtig geraten, du kennst mich ja!«

TIGER-MANUEL

Ich habe noch eine Erklärung abzugeben wegen Tiger-Manuel aus Portugal. Kannst du, Chef, vielleicht mein Zeuge sein?«

»Spielt der Manuel hier eine Rolle?«, fragt Herr Holtmann zurück.

»Hauptsächlich spiele *ich* eine Rolle. Kann ich mich hinsetzen? Der Bengel auf meinem Arm ist schwer. Er wollte nicht in der Wohnung allein bleiben! Jetzt will er runter, weil er seine Freundin gesehen hat. Hauptsächlich erzähle ich für das Mädchen und auch für die Mutter, die selber nicht viel erzählen mag und sich dann wundert, dass man von ihr wenig Ahnung hat. Zuletzt auch für die anderen, die man Flüchtlinge nennt. Flüchtlinge gab es nämlich schon immer, solange die Erde besteht, und der Manuel war auch einer von ihnen, bloß anders.

Auf dem Friedhof oben, wohin mich das Mädchen begleitet hat mit der Schubkarre, da ist das Grab von Tiger-Manuel. So haben wir den Jungen aus Portugal genannt. Er war knapp sechzehn Jahre alt, als er von zu Hause weglief. Er konnte es in seiner Heimat nicht mehr aushalten und ist losgelaufen in seiner Angst, dass er schuld sei am Tod seines Bruders, erst zu Fuß, dann mit einem Schiff als Schiffsjunge, obwohl er damals noch keine sechzehn Jahre alt war. Er hat viel Hunger gelitten. Ohne Klauen und Verstecken ging es gar nicht. In Marseille musste das Schiff auf die Werft: ›Schiff kaputt‹, das konnte er sagen damals. Er wollte weiter nach Deutschland, als ob das Paradies hier vor unsern Füßen liegen würde. Bin ja selbst aus Norwegen her. So, dann ist er auf die Bahn umgestiegen, zuletzt illegal auf Lastwagen geklettert und unter die Plane geschlüpft. Nach Tagen und Wochen kam er in Nürnberg an, wo der Vater Holtmann ihn aufgefischt und mitgenommen hat. Der Junge war elend. Er konnte schlecht lernen, das mit dem Deutsch hat er nicht hingekriegt. Er tigerte zwischen Wald und Feldern herum und konnte nicht aufhören zu laufen. Die Leute haben ihn ›Tiger-Manuel‹ genannt: Er war wie ein Tiger im Käfig.

Von dem hab ich auf dem Friedhof dem Mädchen auf der Bank erzählt, mit meinem Dackel auf dem Schoß. Und ich habe das Bild von einer Badewanne in den Kies gemalt. Sie sollte das Mittelmeer darstellen und das ist heute wieder ganz aktuell voll mit Hunderttausenden von Manuels. Dann haben wir zusammen das Grab gesucht zur Schafweide rüber. Und sie hat gesagt, am liebsten würde sie auch weglaufen. Und da kommt doch, zum Donner noch mal, eine Frau über die Weide mit dem Kopftuch und komischen Kleidern am Leib. Die stellt sich als die Mutter von Nicola vor. Man konnte sie nicht erkennen, diese Frau. Ich habe sie zur Oma begleitet, weil sie kurz vor dem Umkippen war. Und das Mädchen? Ist davongaloppiert wie ein junges Pferd, ohne abzusetzen. So war das. Eigentlich muss ich mir die Schuld zuschreiben mit meinen Geschichten!«

»Nun mal langsam mit ›schuld‹ und ›nicht schuld‹ und was das Leben so mit sich bringt«, meint Herr Holtmann, der hier im Dorf Unterhofen wirklich so eine Art Chef ist, weil die Leute zu ihm hingehen, mit ihm sprechen wollen. Sie brauchen einen Rat.

Sven seufzt erschöpft. Er schaut sich nach seinem Dackel um, der hat es sich auf Nicolas Schoß bequem gemacht. Nun hebt er den Kopf. Sein Herrchen hat eine lange Rede beendet. So eine Zumutung für einen Dackel, mag es ihm durch den Sinn ziehen.

Er hoppelt auf Sven zu.

»Eine Antwort bekomm ich wohl nicht? Wie soll ich denn nun über mich selbst denken?«, fragt dieser und steht enttäuscht auf.

Weil sich niemand hören lässt, wendet er sich der Tür zu.

Plötzlich ergreift Frau Schmidt an ihm vorbei den Türgriff und hält die Türe zu: »Sven«, sagt sie, »ich meine, es ist eine Hilfe, wenn jemand wie du mal einen Zusammenhang herstellt. Ich jedenfalls möchte dir dafür danken, auch wenn es mich gar nicht direkt angeht. Der Übersetzer und ich, wir haben gegen Abend die drei Jugendlichen vermisst und die Gegend zwischen Laubheim und Unterhofen abgesucht, weil wir dachten, die Nermin will vielleicht Nicola aufsuchen, weil sie ja in der Schule war wegen der Sache mit ihrem Vater. Das eine hat wohl etwas mit dem anderen zu tun, das ist mir klar. Na, die Leute jedenfalls hier, für die ich mich verantwortlich weiß, die fragen sich inzwischen alle miteinander, wo sie in Zukunft bleiben können, wenn sie aus der

Schule raus müssen. Es ist alles so sehr kompliziert, dass keiner richtig durchsteigen kann. Und, sag mal, glaubst du, dass meine drei Jugendlichen auf der Suche nach Fahrrädern waren? Zum Mitnehmen?«

Sven schüttelt den Kopf und zieht gleichzeitig die Schultern hoch. Er will jetzt wieder los.

»Am besten treffen wir uns am Wochenende wieder hier. Die Ferien gehen zu Ende, dann gibt es diverse Umbrüche. Auch Jonas fährt heim zu seinen Eltern. Nicola und ihre Mutter müssen auch zurück nach Hannover, nicht wahr?«

Das ist Herrn Holtmanns Stimme. Sie klingt erschöpft. Er denkt wohl, dass an ihm einfach zu viel hängt. Seit seine Frau Helga den Unfall mit dem Auto hatte vor drei Jahren, hat er sich noch extra verausgabt, so drückt es auch die Großmutter aus.

Frau Schmidt geht auf ihn zu und umarmt ihn einfach. Dann sagt sie: »Michael, wir möchten dir danken, du bist ein Segen für die Welt. So, und nun aber husch!«

SCHLAG AUF SCHLAG

Nicola macht sich auf den Weg. Sie ist nicht besonders gut gelaunt. Sie soll also mit der Mutter nach Hause zur Großmutter gehen? Was wird dann passieren? Sie will sich das gar nicht ausmalen. Die Oma war nie gut auf ihre Schwiegertochter zu sprechen. Hat sie nicht den Sohn beeinflusst mit ihren Sperenzchen? Nicola kommt nicht weiter im Denken. Sie schaut an sich herunter: Wenigstens hat sie noch schnell vor dem Abhauen andere Sachen angezogen, eine lange Hose mit einem Pullover. Darüber Omas dicke Jacke. Meine Güte, ist das aber auch eine Kälte – trotz Frühlingsanfang.

Ohne sich nach den anderen umzusehen oder sich um die frisch erschienene Mutter zu kümmern, trottet sie einfach los. Welche Abneigung sie erfasst hat – eigentlich gegen alle um sie herum. Ach nein, natürlich ist Jonas nicht damit gemeint. Jonas, der Einzige, an den sie mit Freude und sogar Aufregung denken mag. Der Dackel, ja, und Sven, so alt er auch sein mag – wenigstens hat er einen Sinn für sie. Sie bleibt stehen. Die Dunkelheit ist auf dem Lande besonders dunkel. Irgendwo brüllt eine Kuh. Schmerzlich. Bekommt sie etwa ein Kalb? Die Tiere sind hier alle im Restbestand. Unentwegt vermehren sie sich, legen Eier und was alles. Sinnlos. In Laupheim im Supermarkt kann man alles kaufen, was man zum Leben braucht. Was solls also? *Wo bin ich wirklich zu Hause,* fragt sie sich schon zum fünften Mal. Immer wieder diese Frage.

Ein Mensch. Kann ein Mensch Heimat bedeuten? Er wird sie verlassen, um sein eigenes Leben woanders zu suchen, er wird zu seiner Mutter fahren, wohin genau? Ist denn Papa für die Mutter Heimat? Alles hat sie hinter sich gelassen, damit sie ihn finden kann. Ist sie »außer sich«? Diese komische Sprache!

Plötzlich fallen ihr die Menschen in der Schule ein. Was sollen die denn sagen?

Alles soll weg aus ihren Gedanken, sie will nur noch schlafen!

Mitten in ihren Schlaf hinein dröhnt eine Durchsage. Ach ja, sie liegt im Wartesaal auf einer der gepolsterten Bänke und muss im nächsten Moment in ihren Zug steigen! Das Fenster zeigt wie eine Uhr rosa Tageshelligkeit an: »Scheint die Sonne früh am Tag, ...« – Sven natürlich mit komischen Witzen.

Verwirrt fährt sie hoch. Aufspringen kann sie nicht. Ein Haufen Zeugs hängt um ihre Beine herum. Kalte Luft trifft sie, ihre Augenlider sind schwer wie Blei. Sie reibt und reibt. Dann endlich Durchblick und die Erkenntnis: Sie liegt in ihrem Bett im Haus ihrer Großmutter – das Bettzeug hat sich total verdreht. In der Tür steht ihre Mutter – so heiß ersehnt, doch genauso merkwürdig. Diesmal ohne all das bunte Kleidergewimmel aus Ägypten. Nicola lacht los, obwohl sie das gar nicht will. Wann in der letzten Zeit war ihr denn nach Lachen zumute? Gestern war der Türrahmen noch leer. Verrückt. Wie sieht sie heute aus, die Mutter? Streckt sie doch tatsächlich die Arme aus! Nicola fühlt wieder die alte Wut aufsteigen. Umarmen? Nein, das kommt nicht in Frage. Aber sie ist schon heran, die Mutter, quetscht sich neben sie aufs Bett, schlingt die Arme so fest um sie, dass es wehtut. Das Mädchen kann nicht weg. Die Eltern mit ihrer Übermacht. Schließlich versickert alle Gegenwehr wie das Regenwasser auf dem Kiesweg oben am Friedhofseingang. Ihr Kopf fällt zur Seite auf Mamas Schulter. Nun gibt es ein seltsames Konzert auf dem Bettrand, beide schluchzen und schlucken. Sie wollen nicht weinen, aber die Tränen fallen in gewaltigen Strömen aus ihren Augen. Die Mutter lässt ein bisschen locker: Hatte sie nicht ein Taschentuch bei sich? Sie nimmt den Zipfel ihres Kleides und drückt ihn gegen die Augen – wie eine Ägypterin.

Dabei murmelt sie: »Kind, Oma hat den Tisch gedeckt. Es gibt Frühstück. Ich glaube, sie ist mit ihrer schlechten Laune durch, komm!«

Nicola reckt sich, der Kopf baumelt ihr auf der Brust. Sie geht zur Tür. Ihre Mutter holt sie ein und legt ihr den dicken Pullover von gestern über die Schultern. Der ist schön warm, ja! Sie nimmt alle Treppenstufen einzeln zur Kenntnis, deren unebene Bretter etwas ausstrahlen. Man muss aufpassen, damit man nicht stolpert!

PAPA ETWA?

Neben dem Glasschrank im Wohnzimmer hängt Omas Kalender von der Sparkasse in Laubheim: Wie viele Tage sind es noch, bis sie die Koffer packen müssen? Nicola wendet den Kopf. Das Glasfenster nebenan spiegelt ein dumpf verheultes Gesicht und Haare, die wild wachsenden Grasbüscheln ähnlich sehen.

Sie wendet sich dem gedeckten Tisch zu. Neben ihrem Gedeck liegt eine Packung Taschentücher.

Oma sagt nichts, lange bleibt sie stumm. Außerdem bleibt sie still an ihrem Platz. Sie lässt die Schwiegertochter Kaffee und Milch einschenken, für das Mädchen gibt es warme Schokolade. So kennt Nicola ihre Oma gar nicht. Ganz früher vielleicht. Im Gesicht der Großmutter steht nichts geschrieben. Endlich fasst sie nach einer Scheibe Brot und wendet sie hin und her. Auf der Messerspitze klebt schon die nötige Portion Butter. Bloß nicht zu viel, aber richtige Butter. Was ist denn Margarine dagegen? Ein Dreck. Ehe sie zu essen bereit ist, fragt sie mit krächzender Stimme: »So, und nun willst du mich verlassen?« Der Gedanke scheint sie nicht traurig zu machen.

Es ist, als hätte die Oma in großen Sprüngen gedacht. Wer will das alles überblicken?

Nicola räuspert sich. Von draußen hört sie Geräusche. Es klingt, als sei Sven mit dem Dackel und der

Schubkarre unterwegs. Dann geht die Klingel. Noch mal. Klarer ist nun der Klingelton.

Fragend wenden alle drei den Kopf und lauschen. Ist das etwa Papa?

Nicola schiebt mit den Oberschenkeln ihren Stuhl nach hinten weg. Ist sie es doch, die der Oma den Weg zur Haustür abnehmen muss. Man lässt sie gehen, obwohl sie immer noch eher einem Besen ähnlich sieht als einem Mädchen. Sie lächelt ein bisschen. Vorfreude auf Papa.

Sie öffnet die Tür.

Vor ihr stehen drei fremde Personen, ein erwachsener Mann, ein Junge mit langen Haaren und ein Mädchen, das etwas fremdartig wirkt durch ihre Kleidung. Leute aus der Laubheimer Schule? Vater, Sohn und Tochter?

»Oma, kommst du mal? Oder Mama?«, ruft sie laut. Sie tragen Sachen, die sie so noch nie gesehen hat. Dem Vater hängt eine kleine Jacke oder Joppe über dem Arm, ähnlich wie sie in Bayern üblich ist, eine Taillenjacke aus Samt. Ein Schal, lässig um den Hals gewunden. Die Hosen viel zu eng, findet Nicola. Der Junge in Tuch-Jeans, fein gestreift. Seltsam. Das Mädchen in einem weiten Mantel mit Kapuze, die es gerade von den schwarzen Haaren schubst. Schön braun sehen die drei aus, als kämen sie eben aus den Ferien im Süden. Was die wohl hier verloren haben? Großmutter und Mutter erscheinen in der Haustür. Zum Glück biegt Fredy mit einer langen Säge gerade um die Ecke. Er beeilt sich beim Anblick der sechs

Menschen in der Haustür. Kurz bevor er sie erreicht hat, bleibt er stehen – vielleicht aus Höflichkeit. Nicola will sich ins Haus zurückziehen, aber ihre Mutter fasst nach ihrem Arm.

Der Mann sagt in gebrochenem Deutsch: »Alkazar, Felipe, Großvater. Enkel beide. Kommen aus Portugal, wegen Kind Manuel, Verwandter. Jung tot, hier, gestorben, ganze Familie alle Jahre Trauer haben. Grab suchen. You understand?«

»Rein oder raus?«, fragt die Großmutter, die nun ebenfalls erschienen ist, und schaut ihre Schwiegertochter an. Typisch Oma. Nicola schämt sich ein bisschen, die Mutter genauso.

»Weiß ich es?«, gibt sie zurück.

In dem Moment wird Nicola endgültig wach. Tiger-Manuel! Die beiden suchen das Grab! Verlegen streicht sie sich die Haare glatt. Ach du Schreck, was nun?

»Ich bring sie zu Sven – wartet, ich zieh mir Sachen an. Dürfen sie nicht reinkommen, bitte? Oma, sie haben vielleicht Hunger! Bin gleich wieder da!«, ruft sie und zieht sich im Laufen den dicken Pullover aus. Himmel hilf: Tiger-Manuel!

Auf der obersten Treppenstufe stolpert sie über ihre eigenen Füße. »Verflucht und verflixt!«, schreit sie. Beeilung, Beeilung! Im Badezimmer unter der Dusche flutscht ihr mehrmals die Seife aus der Hand. Jetzt mahnt sie sich selbst: Ruhe im Karton! Im Spiegel holt sie noch einmal der Schreck ein. Herrje, wie sie aussieht, nein, nicht mehr wie ein Huhn, die Zeit ist vorbei. Deshalb lacht sie, wie schön: Endlich geht es um das große Geheimnis: Tiger-Manuel! Ist sie es nicht, die ihn von allen am besten kennt, sie und Sven samt Dackel? Wenn auch das Wichtigste fehlt: Warum und wieso er nach Deutschland kommen musste. Aber sie können sich auf Englisch verständigen. Das geht doch wohl!

Nicola ist im Eiltempo fertig mit dem »Morgentheater«, wie Papa bei guter Laune immer sagte. Er findet das viele Waschen lästig und eher ungesund. Das bisschen Geruch am Körper, herrje! Was sollen denn die Leute in der Wüste sagen? Tja, nun war es nicht Papa, der vor Omas Haustür stand. Aber Nicola nimmt den Besuch der Portugiesen als Zeichen. Bald, ja bald, wird Papa wieder da sein! Nicola denkt halt nur von hier bis da. Hauptsache, die Sachen passieren bald. Irgendwie muss alles möglichst schnell gehen. Sie nimmt die Treppe im Nu und zerrt eilig die Küchentür auf: Sie sitzen alle fünf um den Tisch herum. Der Mantel des Mädchens liegt quer über der Lehne des alten Sofas. Der Vater hat die farbige Westenjacke von oben bis unten aufgeknöpft, und probiert bereits den Kaffee. Das Mädchen rührt in der großen Tasse, die eigentlich Nicola gehört. Gut, sie selbst war ja fast fertig mit dem Frühstücken. Mama führt die Unterhaltung. Sie spricht Englisch wie geschmiert und geölt. Den Vorteil hat sie nun durch die Übung mit Ägypten. So, nichts wie raus und los zum Holtmannshof. Der Anorak fliegt um Nicola herum.

»Ich hol den Sven, der weiß alles!«, ruft sie. Die Tür fällt von allein ins Schloss. Wo ist denn Fredy abgeblieben? Ist irgendwo im Stall verschwunden. Fremd aussehende Leute – die mag er nicht leiden.

Die Mutter hat sich von außen an die Gartenpforte gestellt, als Nicola weit hinten am eigentlichen Dorfrand wieder auftaucht. *Endlich! Ist doch Verlass auf sie? Oder versteckt sie sich wieder, weil sie schlechte Laune hat? Aber da,* denkt sie. Das Kind schiebt eine Karre vor sich her, aus der ab und zu ein Hund seinen Kopf über den Rand hebt. Sven hinkt mit dem Stock in der Hand hinter ihr. Bald kann sie hören, was zwischen ihnen geredet wird. Sven jammert: »Nicht so schnell, meine Liebe! Was denkst du denn, was meine Beine dazu sagen? Außerdem müssten wir eigentlich auf Holtmann warten. Der hat den Jungen am besten gekannt damals. Er hat auch das wilde Grab verteidigt, als der Friedhofsgärtner da ran wollte, weil sie den Platz brauchten. Das Holzkreuz hat er selbst gezimmert, als die Mutter von dem Manuel hier auftauchte. So war es kenntlich. Und er hat auch die Gebühr beim Amt bezahlt. Die Mutter ist traurig, aber nicht unzufrieden zurückgefahren. Mitnehmen konnte sie ihn ja nicht, weil sie kein Geld hatte. Es waren schlechte Zeiten in Portugal. Welch ein Theater mit der Regierung. Aber was verstehen wir davon? Ich hab das Kreuz eingepflanzt, weiß aber nicht mehr, wo genau die Stelle war. Finde sie mal, wo alles Kraut und Rüben ist. Peinlich genug: Wer hat denn gedacht, dass noch mal einer was wissen will?

Verrottet und zertrampelt von den Schafen auch noch. Ist eben eine Frage der Zeit. Was wollen wir denn den Leuten sagen?«

Nicola lässt abrupt die Schubkarre aus den Händen rutschen. Der Dackel denkt, er sei am Ziel und springt mit einem Satz aus der Schubkarrenwanne. Hat er denn kein Rheuma mehr? Das Wetter bessert sich, Nicola schwitzt gewaltig in dem dicken Anorak. Mit einem Schwung fliegt er in die Wanne. Sie packt den Dackel unter dem Bauch, hebt ihn hoch und setzt ihn mitten drauf.

»Hast du nicht gehört, was ich zu sagen hatte eben?«, fragt Sven keuchend wie eine Kuh mit Husten. So sieht es das Mädchen. Mein Gott, wenn man alt wird!

Das Mädchen hat aber eine kluge Antwort: »Was wissen wir denn, was die beiden von uns hören wollen? Abwarten, sagt doch immer ein Herr Sven, falls du den kennen solltest ...«

Es dauert, bis sie endlich bei der wartenden Mutter angekommen sind. Inzwischen sind auch die drei Fremden mit dem Namen Alkazar an der Gartenpforte zu sehen. Man sieht ihren Gesichtern an, dass sie nicht verstehen, was da vor sich gehen soll. Die Mutter mit ihrem Englisch kann auch nicht groß helfen.

Jetzt zeigt sich auch die Großmutter an der Pforte. Im letzten Moment trocknet sie sich die Hände an der Schürze ab. Sehr erbaut ist sie nicht von dem Besuch, wo sie doch immer dringender darauf wartet, endlich ihren Sohn zurückzubekommen. Die Oma informiert sich aber auch gar nicht über das Weltgeschehen –

wie Sven sagt. Sie vergisst wohl auch, dass ihr Sohn seiner Arbeit nachgeht im fremden Land.

Im Gegensatz dazu ist Nicola ganz bei der Sache. Sie stellt die Schubkarre beiseite, damit das Hündchen wieder Boden unter die Füße bekommt. Dann greift sie Svens Hand, mit der er den Stock hält, und zählt alle Namen auf: »Zuerst Sven Björnson, dann Fredy, das da ist meine Mama, Hanne Meyenstett, die ganz lange den Papa gesucht und nicht gefunden hat, und dann ist gerade noch Oma aus dem Haus gekommen. Das ist Papas Mutter und mein Name ist Nicola! Mama, kannst du das alles auf Englisch sagen, damit sie Bescheid wissen? Du musst auch noch fragen, ob wir alle zum Friedhof gehen oder ob sie nur Sven und mich bei sich haben wollen? Und wie das Mädchen heißt?«

»Isabel Alkazar!«, ruft dieses, als hätte es alles verstanden.

Schließlich geht eine kleine Kolonne weiter an der Schafweide entlang. Die Oma und Fredy sind zurückgeblieben. Fredy ist doch wieder aufgetaucht, neugierig auf einmal! Am Friedhofstor bremst ein Auto. Herr Holtmann steigt aus, er greift in seine Seitentasche und holt einen Brief heraus. Mit dem geht er auf Nicola zu: »Hier«, meint er leise, »von Jonas. Ich habe ihn gerade zum Bahnhof gebracht. Seine Mutter ist mit dem Fahrrad gestürzt, sie braucht ihn jetzt als Hilfe. Er konnte sich nicht mehr von dir verabschieden, tut mir leid! Komm, gib mir die Schubkarre, Waldi kennt mich ja!«

»Danke!«, antwortet das Mädchen. Da ist er nun, der Dämpfer. Einmal freuen, zweimal weinen, heißt der Spruch dazu.

Der Brief verschwindet fix in Nicolas Gesäßtasche, wo er mit einer weißen Spitze hervorlugt. Herr Holtmann sieht zu, dass er allen vorangeht. Während sie sich im Gänsemarsch durch die gepflegten Gräberreihen schlängeln, beobachtet die Mutter diese helle Spitze, die aus der Hosentasche ihrer Tochter ragt. Ein Liebesbrief etwa? Wie das Kind nur so sehr wachsen konnte im Winter – nicht zu fassen! Weggewachsen von ihr, der Mutter Hanne, so, als sei sie jemand anderes, ein fremdes Kind. Keine einzige Zärtlichkeit, keine Freude in ihrem Gesicht, von »verstehen« ganz zu schweigen. Genau wie die Großmutter, diese gefühllose Frau. *Gute Miene machen!,* sagt Hanne sich selbst. Immerhin hat sie, die Mutter, doch den Vater des Kindes gesucht! Was kann sie dafür, dass die Welt so ganz und gar aus den Fugen geraten ist inzwischen?

Verloren steht sie da.

Ah, dahinten breitet sich ja die Schafweide aus mit dem verrosteten Zaun. Mutter Hanne schaut hinüber. Das war wohl doch erst vor drei oder vier Tagen, als sie den in ihrer Aufregung überstiegen hat, um ja schnell zum Kind zu gelangen. Das Kleid hing in Fetzen. Ihre Verzweiflung holt sie wieder ein. Sie will hier nicht bleiben auf dem Friedhof, wo sie es mit einem fremden Jungen zu tun haben. Was geht der sie an? An sie denkt wohl niemand mit ihrem Kummer und ihren ganzen Abenteuern in Ägypten? *Nein,* sagt sie bei sich. Sie will jetzt wirklich allein sein. Wie traurig alles ist! Sie schaut auf Holtmanns grüne Jacke, die er immer trägt, wenn er vom Hof geht.

Der Mann ist nett. Wenn sie den geheiratet hätte, gesetzt den Fall, rein theoretisch, dann hätte sie nicht tagaus, tagein an ihrem Kummer zu schlucken. Dieser Mann steht und bleibt auf seiner Scholle, wie man hier sagt. Holtmann wird alles übersetzen, was die beiden Portugiesen anbetrifft. Ganz plötzlich möchte sie in Tränen ausbrechen. Bloß weg und zurück, in den Wald oder in ihr Bett bei der Schwiegermutter! Sobald sie sich aber das Gesicht der bitteren alten Frau vorstellt, wird es schlimmer mit dem Wunsch zu weinen. Sie kann einfach nicht mehr. Sie fühlt einen Kälteschauer von den Füßen her hochsteigen. Gut, dass sie eine lange Hose in dem alten Schrank gefunden und angezogen hat. Sogar ein Tuchtaschentuch kann sie noch aus der Tasche zerren. Nur nicht krank werden, bitte, nur das nicht, und dann auf die anderen angewiesen sein. Schließlich keucht sie: »Ich muss los, bis nachher!«

Man wendet den Kopf und schaut kurz zu ihr hin.

»Weg, weg!« Die Mutter kann all die Eindrücke hier nicht bewältigen. Sie weiß auch nicht, wie sie sich verhalten soll. Am liebsten würde sie laut losschreien. Erst mal aber: weg. Und über den Zaun hinüber, der noch von neulich niedrig genug liegt. Schon ist sie hinüber und auf der Schafweide. Die Tiere bemerken sie bald und kommen angetrabt, mehr und mehr, neugierig wie sie sind. Hanne fasst in die Wolle des

Nächstbesten und verlangsamt ihren Schritt. *Ach, wenn doch ...*, denkt sie in einer Gedankenschleife. Sie presst kurz ihr Gesicht in das warme Fell. Wie unvergleichlich kräftig die Tiere riechen! Manche Leute mögen absolut keinen Wollduft: Igitt! Sie aber schon. Es hilft aber nicht richtig. Jetzt dreht sie sich ein einziges Mal zu den anderen um. Nicola, ihr einziges Kind, ihre große Tochter, tut, als gäbe es wichtigere Dinge auf der Welt, als ihre eigene Familie, hat ja wohl einen Liebesbrief in der Tasche hinten stecken und der Holtmann duldet das!

Die Mutter bemerkt auch, dass Sven nun seinen Helfer Holtmann überholt. Sie haben einander aus mancher Verlegenheit geholfen bei vielen Angelegenheiten des Hofes, haben miteinander Gespräche geführt. Sie kennen einander wie alte Freunde. Die Mutter hat schon in früheren Jahren bei Besuchen in Unterhofen beobachtet, welche Vorliebe die beiden füreinander haben. Dabei ist Sven gar kein Deutscher. Was weiß der schon von der tollen Familie Holtmann! Aber immerhin hat sie davon gehört, dass Holtmann für das Land Norwegen eine große Schwäche haben soll.

Sven fängt an, im hohen Gras zu wühlen. Zuerst hier und dann dort. Die ganze Reihe ehemaliger Gräber liegt verwahrlost vor ihren Augen. Aber kein Stein, kein Holz, auf dem der Name steht: Manuel Alkazar. So verschwindet die Erinnerung. Nichts bleibt!

DER SCHNELLE BLICK

Da trifft sie ein schneller, aufmerksamer Blick aus Holtmanns Augen. Den Mann mochte sie spontan leiden damals, als sie ihn zum ersten Mal zu sehen bekam bei einem Besuch in Unterhofen. Aus dem Augenblick heraus. Überhaupt hat sie ein schnelles Handeln an sich. Umgehend will sie Gefühle in die Tat umsetzen. Sollte das ein Fehler in ihrem Leben sein?, überlegt sie. Sie ist schon zu weit entfernt von der Gruppe dort oben, um zu reagieren. Langsam setzt sie einen Fuß vor den anderen. Inzwischen kann sie ihre Gedanken zur Ruhe bringen. Das musste sie in dem abgesperrten Zimmer in Kairo jeden Tag mehrmals üben. Sie fällt zurück in die Fluchtgeschichte, die sie hinter sich hat – in den Kleidern dieser ängstlichen Frau in Ägypten. Ihre eigenen Sachen sind dort zurückgeblieben. Das Zimmer war ihr Käfig, immer ans Fenster und wieder zurück auf die alte Camping-Pritsche. Dann plötzlich sah sie vom Fenster aus ihren Quälgeist unten im Gewühl der Passanten verschwinden. Ja, das war er. Scheußlich! Ein Hassanfall gab ihr mit einem Mal ausreichend Kraft.

»Jetzt oder nie«, sagte sie sich. Sie zog ihren Brillantring aus der Gürteltasche und begann, mit dem Stein Kratzgeräusche an der Tür zu erzeugen. Endlich öffnete die Frau mit überängstlich verzogener Miene. Hanne hielt ihr den Ring vor die Nase und klemmte gleichzeitig den rechten Fuß in den Türspalt. Während die Frau auf das goldene Ding starrte und zögernd eine Hand vorschob, drängte Hanne die Tür weiter auf und ergriff die Flucht. Sie raste durch die wenigen Zimmer. Irgendwo sah sie ein Wolltuch hängen. Das sollte ihr Schutz sein vor der nächtlichen Kälte. Mit einem gewaltigen Ruck riss sie es an sich. Sie lief gehetzt weiter – mehrere Treppen herab – bis sie auf dem Innenhof stand. Von dort auf die Straße. Die Straßen quollen über von Leben. Mein Gott! Der Lärm, der furchtbare Geruch. Frische Luft kannte sie seit zwei Wochen nicht mehr. Bitte, bitte, ein Taxi. Sie verlangsamte den Schritt. Niemand folgte ihr. Das Wort »unbedeutend« kam ihr in den Sinn. Vermutlich war eine wie sie völlig unbedeutend in den Augen der Passanten mit ihren Eseln und Gepäckstücken, den Teeverkäufern und dem ganzen Geschrei.

Dieser Gedanke machte sie ruhiger. Dann hielt ein Taxi.

Sie hatte noch etwas Kleingeld in ihrer dünnen Gürteltasche, die sie um die Taille gebunden hatte. Darin steckte auch ihr Pass. Von nun an wendete sie alle Tricks an, die sie von irgendwelchen Gelegenheiten her im Kopf behalten hatte: weg, nur weg! Irgendwie würde sie mit einem der Flüchtlingsboote, die vereinzelt von Alexandria abfahren, über das Mittelmeer kommen. Wäre sie erst einmal in Italien, könnte sie auch wieder ihre Kreditkarte benutzen!

Sie bleibt stehen, um Luft zu holen: Welch ein Genuss, welch ein Geschenk ist die frische Luft in Deutschland. Niemals in ihrem ganzen Leben wird sie diese Dankbarkeit vergessen, die sie auf der

Schafweide spürt. Sie möchte vor Rührung schon wieder weinen. Ihre Beine wollen nachgeben. »Die Nerven!«, sagt sie sich und stolpert weiter.

Ja, die Nicola, ihre Tochter, hat schon als Kleinkind ständig wissen wollen, warum die Leute so komisch leben. In Hochhäusern? Wie in riesigen Kaninchenställen. Alles erschien ihr blöd irgendwie. Kein Mensch war anscheinend wirklich gern an dem Fleck, wo er gerade lebte. Sie hatte ja recht. Die Sehnsucht sucht ... Jeder ist bis oben hin voller Ärger. Suchen, suchen, warten, warten – das sind die beiden Probleme, die man hat.

An die eigene Kindheit kann sich die Mutter kaum erinnern, höchstens an die Frage, ob heiraten gut ist.

Dann die Heirat mit Roland Meyenstett, gerade mal zweiundzwanzig Jahre alt war sie. Verrückte Liebe. Was sagte der alte Schwiegervater? Er blies seiner Frau Pfeifenrauch ins Gesicht! Gemeiner Kerl!

Die Mutter schaut zurück auf die Schafweide: leere Grasflächen. Alle Schafe haben sich inzwischen an der Tränke versammelt. Sie spürt langsam Trost durch ihr schwaches Blöken hindurch schwingen. Also: weiter warten. Aber die Traurigkeit bleibt wie ein wildes Tier in ihrem Innern auf der Lauer. Brav wie ein Schaf ist sie nicht, das steht fest! Morgen wird sie nach Laubheim wandern, um sich in der Schule umzusehen. Frau Schmidt hat sie eingeladen. »Soll ich hier etwa die Schafe hüten? Nein, bei aller Liebe, ich muss mich weiter umschauen!«

Sie scheucht die Tiere ein bisschen, damit sie überhaupt das große Tor öffnen kann. Überall Hindernisse, Hindernisse! Trotzdem. Sie hat zu kämpfen gelernt.

Die Oma ist gar nicht zu Hause, als sie ankommt. Kein Laut ist zu hören. Vorsichtshalber schließt sie wieder ab, zieht den Schlüssel aus dem Schloss und öffnet das kleine Seitenfenster. Unterhalb ist ein Haken eingeschlagen. Man klemmt ihn durch eine halbe Drehung fest. Von außen kann man ihn nicht sehen, aber fühlen. Primitiv, funktioniert aber. Sicher ist die Schwiegermutter in ihrer Aufregung zu Annalena Franzen gelaufen, um sich Luft zu machen! Nun hat Frau Hanne erst mal Ruhe und kann schlafen.

WO, WIE UND WARUM?

Auf dem Friedhof schaut Nicola nacheinander alle Versammelten an, die gespannt Sven beobachten, der hektisch die Schultern hebt und fallen lässt.

»Michael Holtmann«, sagt er dann förmlich, »eigentlich müsstest du es besser wissen als ich. Als ich nämlich vor Jahren endlich dazu kam, nach Norwegen zu fahren, da war das Grab noch hier an Ort und Stelle. Du hattest gerade das neue Kreuz eingepflanzt. Ich war immer der Meinung, später beim Suchen nach dem Grab richtig zu liegen, wenn ich hier so vor der Schafweide stand. Da dachte ich: Ja, da war es! Aber danach war ich nicht oft hier, weil ich so kurzatmig war. Das lag an den norwegischen Bergen, da hatte ich mir das geholt. Nach all der Zeit in der alten Heimat, wo ich ja noch eine Erbschaft zu regeln hatte, weißt du selbst, besuche ich die Stelle wieder mal, weil das Mädchen mir behilflich ist. Die mag auch Geschichten leiden, nicht wahr? Und was bleibt davon? Ich sehe nicht Brett oder Bruch!«

Die Gäste aus Portugal treten von einem Fuß auf den anderen. Das Mädchen stülpt sich die Kapuze über den Kopf. Ihr Vater nimmt die Jacke vom Arm, um sie über zu ziehen. Nicola bemerkt, dass sie sehr schön aussieht mit ihren blinkenden Knöpfen. Der Junge, den er Alfredo nennt, stellt den Mantelkragen hoch.

»Cold climate in Germany!«, sagt er zu seinem

Großvater – auf Englisch, damit die anderen seine Worte auch verstehen. Herr Holtmann lacht.

»Ja, Portugal, das ist etwas anderes«, antwortet er.

Nicola wendet sich wieder dem zu, was sich gerade auf dem Friedhof abspielt. Leise hört sie Sven sagen: »Was noch sein kann ...«

»Na?«, meint Herr Holtmann, »Denkst du dasselbe, wie ich?« Sven zieht die Schultern hoch. Der Dackel kommt angelaufen und stemmt sich an seinen Beinen hoch.

»Guter Hund, lieber Hund. Du merkst, wenn das Herrchen nicht mehr weiter weiß«, lächelt Sven. Michael Holtmann steht mit offener Joppe vor ihnen. Er sagt nachdenklich: »Komisch ist das schon, ich erinnere mich doch daran, dass wir ein neues Holzkreuz angebracht haben damals. Ob nun hier oder dahinten zur Mauer rüber. Doch mehr in der Gesellschaft der besseren Leute, nicht so allein, vollkommen in der Wildnis! Es ist einfach zu lange her, das Ganze. Alle Tage gehe ich nicht auf den Friedhof und gucke nach – aber, dass wir das Holzkreuz erneuert haben, das weiß ich noch. Ich hatte extra gute Eiche ausgesucht, damit es nicht so rasch verwittert. Und den Namenszug haben wir auch nachziehen lassen, stimmt das, Sven?«

SUCHEN UND FINDEN

Die drei portugiesischen Gäste werden unruhig. Sind sie vergebens gekommen? Das wäre traurig, beklommen schauen sie einander an. Auf einmal setzen sie sich in Bewegung, alle nacheinander. Gerade kommt die Sonne zum Vorschein. Svens Hündchen springt so gut es kann zwischen den hohen Gräsern hin und her.

»Peinlich, wie das hier aussieht, mein Gott, hätte die Friedhofsverwaltung nicht mal Ordnung schaffen können?«, brummt Michael Holtmann.

»Sorry, this wilderness is very bad! Hope we can find something!« Er wendet sich dem portugiesischen Vater zu. Der schüttelt auch den Kopf. Inzwischen sind sie einige Meter vom Zaun entfernt, da bleibt Herr Alkazar vor zwei gleichmäßig hohen, spitz zulaufenden Bäumen stehen, blinzelt gegen die Sonne an und fragt: »What is their name, please? They are enormous!«

»Das sind Thujas, aber auf Englisch ...?«

Alle schauen die Zwillingsbäume an, befühlen die flachen Zweige, die wie Finger aussehen. Sven pflückt mit einem Ruck einen Zweig ab, legt ihn zwischen beide Hände, fängt an, wie toll zu reiben, und hält sie dann Herrn Alkazar unter die Nase mit der Erklärung: »Thuja!«

»Ah«, sagt der. Er gibt den Zweig an die beiden jungen Leute weiter. Sie betrachten nun die Bäume von unten bis oben: Solche Bäume gibt es wohl nicht in ihrer Heimat?

Danach bückt sich Sven vor, reißt mit beiden Händen die unteren Zweige auseinander und ruft: »Hey, was ist denn das? Ich sehe hier ein paar Teile liegen, Michael, komm doch mal her!«

Mit Gewalt zerren die beiden Männer die starren Äste auseinander. In dem Moment wollen alle einen Blick auf den Fund werfen.

»Das ist ein altes Grab da drin. Daneben liegen Holzbretter quer, die könnten doch ... Michael, was sagst du? Könnten die nicht etwas bedeuten? Versuchen wir, sie rauszukriegen!«

»Da kommt wer! Ein Mann im schwarzen Mantel mit passender Mütze, hu, wie der aussieht!« Nicola wendet sich wieder der Fundstelle zu.

Sven richtet sich auf, stöhnt einmal schweratmend. Der Hund beginnt zu bellen.

»Ach du bist das, Anton, ist denn 'ne Beerdigung? Kommst grad recht«, meint Sven. »Wir haben hier etwas gefunden. Guck mal, das ist Besuch aus Portugal, wo der Tiger-Manuel her war!«

»Was du nicht sagst! Ich denk mir schon von Weitem, wer sich hier wohl widerrechtlich zu schaffen macht? Aber ich sehe: Du nun wieder, Sven, der Friedhof ist wohl dein Garten?«, ist die Antwort.

»Hast recht, aber hilf uns mal weiter, wenn du einen Moment Zeit hast!«, meint Sven und sieht sich nach seinem Stock um. Den hat das Mädchen schon in der Hand.

Der Mann im schwarzen Umhang guckt im Kreis herum. Er betrachtet die Gesellschaft, streift die Mütze mit einer geübten Bewegung vom Kopf, lächelt ein wenig und grüßt mit einem komischen Satz. Er sagt: »Habe die Ehre!« Dann passt er die Mütze erneut seinem Kopf an.

Wie auf ein Kommando hin beginnt Svens Hund zu bellen und jagt die kleinen Wege zwischen den Gräbern entlang. Jetzt sehen es die anderen auch: Zwei Rehe laufen im Zickzack vor ihm, wenden plötzlich, als kämen sie zurück, biegen aber dort ab, wo der Zaun am tiefsten heruntergetreten ist und springen über den Zaun hinweg auf die Schafweide. Der Mann, den Sven Anton genannt hat, hebt beide Arme zugleich an. Aufgeregt verkündet er: »Diese Biester, dieses verrückte Wild, immer, wenn wir eine Beerdigung hatten, kommen sie an und schnüffeln herum, ob es wieder etwas Feines zu essen gibt, nämlich Rosen und Tulpen. Kaum sind die Trauergäste vom Friedhof runter, machen sie sich über die frischen Blumen her. Was meint ihr, wie anschließend das frische Grab aussieht? Und was die Leute sagen, wenn sie am nächsten Tag die Bescherung entdecken? Und das in ihrer Trauer um einen Angehörigen? Dafür muss am Ende ich gerade stehen. Das ist nicht gerade angenehm!«

Inzwischen ist Herr Holtmann näher an den Mann herangerückt. Er legt ihm die Hand auf die Schulter. »Anton, lass gut sein. Das wird geändert. Ich werde mit dem Bürgermeister reden – es kann ja nicht sein, dass Schafe und Rehe und sogar Menschen in wehenden Kleidern über den Zaun steigen. Dieses ganze Ende Zaun hier wird neu mit Stacheldraht dreioder vierfach erneuert, verlass dich drauf! Aber sag uns doch: Weißt du etwas über den jungen Mann aus Portugal, der vor Heimweh umgekommen ist?«

»Holtmann, ich kann euch nicht helfen bei dem, was alles passiert, aber du sorgst wenigstens dafür, dass hier Ordnung reinkommt, hab ich dich richtig verstanden? Dein Wort darauf!«, bittet der schwarz gekleidete Mann, zieht wieder die Mütze, verbeugt sich wie ein Japaner und eilt davon. Nicola fühlt die Blicke des Mädchens Isabel auf sich gerichtet. Es hat die Hand auf den Mund gelegt. Aha, Nicola weiß, was so eine Geste auf der ganzen Welt bedeutet, dass jemand gleich loslachen möchte. Also lächelt sie ihr schönstes Lächeln zu Isabel hinüber. Und dann platzen beide zugleich los. Ermahnt aber werden sie nicht.

Der Dackel hat sich auch wieder beruhigt. Sven und Michael Holtmann biegen nun weiter an den Zweigen der Zwillingsbäume herum, um das Versteck zu erweitern. Wer da überhaupt begraben liegt?

»Ach, der alte Hansfried Eichhorn mit seiner Frau, die beiden habe ich im letzten Moment noch kennengelernt, sind mächtig alt geworden. Waren gute Leute, aber auch ein bisschen zurückgezogen. Tatsache, habe ich ganz vergessen, das kommt vom Zuwachsen. Wenn du die Namen nicht mehr vor Augen hast, vergisst du die Leute auch mal!«, kommentiert Sven und entschuldigt sich damit, weil er in seinem Eifer um das Grab des Jungen aus Portugal diese Stelle unter den Zwillingsbäumen vergessen hat.

Nun aber ran an die Holzbretter, es sind zwei, ein längeres und ein kürzeres mit Einkerbungen. Beide sind schon reichlich von allerlei trockenen Gräsern umrankt. Aber da, nach längerem Zerren, kommen sie zutage. Neugierig treten die drei Portugiesen an die Öffnung heran.

»I guess here we have a cross, oh my God, please show me the other side!« Herr Alkazar hat sich regelrecht vorgedrängelt, weil er etwas zu ahnen scheint: »The name!«, ruft er. »Turn the wood!« Sven reicht ihm das kürzere Brett.

»›Manuel Alkazar‹, I am possible to read it, ›born 1984 in Lissabon, died 2000 in Unterhofen, Freedom his soul!‹ We have found him!«, ruft Herr Alkazar laut und drückt das Stück Holz an seine Brust. Im Nu rötet sich sein Gesicht, Tränen drängen hervor. Er wischt sie mit dem Hemdärmel ab.

Den beiden jugendlichen Begleitern geht es ebenso, als er ihnen das Brett in die Hand drückt. Sie legen es aber gleich auf den Buchsbaum, der hier überall die Gräber begrenzt und umarmen einander, fehlt nur noch, dass sie einen Tanz anfangen.

»Alles gut und schön, aber es muss Grenzen geben, was immer alles einfach so gemacht wird!«, meint Sven kopfschüttelnd und steuert auf seinen Chef Michael Holtmann zu. Der lacht und murmelt »Südländer« vor sich hin. »Die haben es gut, lassen einfach los und heulen die Sachen nach draußen!«

Richtig warm ist es mittlerweile geworden. Die Gäste aus Portugal haben ihre Jacken wieder abgelegt und sehen sich nach einer Bank um. Isabel nimmt das Brett mit Manuels Namen auf und geht die paar Schritte zu Nicola hin. Sie fährt mit dem Zeigefinger am Namen entlang, liest ihn noch mal und immer wieder. Was will sie damit anderes sagen, als dass sie sich riesig freut. Sie und die anderen beiden, ihr Besuch in Unterhofen hat also Erfolg. Nicola will ihr erklären, wie tapfer die Leute hier Manuel gefunden haben im Kampf um das Heimweh und die Angst, die er ab und zu wie einen Anfall bekam. Sie probiert nun ihr Englisch aus und erklärt: »The people in this village called him Tiger-Manuel because he was a brave young man, you know! He missed his home so much.«

Isabel zieht die Schultern in die Höhe und lacht verlegen.

»In these days only our uncle has known him. We had to leave him at home. He has got a bad cold. Our Grandfather will tell him when we come back to Portugal« Sie zeigt auf den älteren Mann, der sich gerade in der Nähe des Zauns umschaut. Sicherlich bedauert er es, nur einige Holzteile vom Grab seines Verwandten gefunden zu haben. Nun kommt er heran und greift mit einer heftigen Bewegung nach dem anderen Teilstück mit der Frage: »Warum kaputt? Wer hat gemacht? Nicht gut!« Der Junge steht schweigend weiter hinten. Nach dem ersten Überschwang verfinsterte sich sein Gesicht wieder. Er ist genau in dem Alter wie Manuel, als er nach Deutschland floh. Was nur – was mag ihn angetrieben haben?

»So«, mischt sich Herr Holtmann ein, »ich glaube, es ist an der Zeit nach Hause zu verschwinden, sonst kommt Anton noch ein zweites Mal. Da ist noch etwas zu klären. Wir gehen ins Dorf zurück, am besten treffen wir uns auf dem Hof bei mir und Sven. Da gibt es auch Getränke und eine Stärkung, in Ordnung?« Und an den Vater der beiden jungen Leute gewandt meint er: »Tomorrow we shall visit this place again, alright? You three surely want to go to Laubheim later in the evening?«

Wie auf Kommando nicken alle drei zugleich mit den Köpfen. Nicola kann eine tiefe Erschöpfung an ihnen bemerken. Sie denkt: *Ja, so fühle ich mich auch manchmal.* Unwillkürlich beschleunigt sie ihren Schritt. Der Dackel hüpft zwischen ihnen herum, er kennt den Besuch schon ganz gut. Dieses Tierchen scheint genauso Freude und Angst zu verspüren wie die Menschen ringsherum.

Auf der kleinen Landstraße angekommen atmen alle auf. Jetzt führt Michael Holtmann die Gruppe an. Der Himmel hat sich erneut ein graues Tuch übergelegt. Nicola schaut sich nach Isabel um und wartet, bis sie aufgeholt hat. Auf gleicher Höhe gehen sie auf das Dorf zu. Das gefällt den Mädchen.

Alles schön und gut. Aber das Haus der Großmutter tut so, als sei es kleiner geworden. Was ist denn los? Es wirkt leer, obwohl doch die Mutter oben in ihrem kleinen Zimmer sitzen müsste. Die Mutter, herrje, so lange hat Nicola die Mutter herbeigewünscht. Jeden Tag. Das Kind Nicola zeigte plötzlich überhaupt keine Freude, nicht mal Interesse. Das Kind hat einen Liebesbrief in der hinteren Jeanstasche stecken und beschäftigt sich mit Menschen, die es vorher niemals gesehen hat. Nicola scheint nicht mehr auf die Mutter angewiesen zu sein. In ihrer Abwesenheit – auf der Suche nach dem Vater immerhin – ist sie erwachsen geworden. Ist das so? Ihre Schritte beschleunigen sich wie von allein. Isabel will sie am Ärmel festhalten, aber das deutsche Mädchen schüttelt sie ab. Wie soll man das verstehen? Da geht sie immer schneller, bis sie rennt. Isabel hat das Nachsehen.

Inzwischen ist Nicola an der Gartenpforte angekommen, sie stößt sie so schwungvoll auf, dass sie gegen die Rasenbegrenzung knallt. Das Mädchen fummelt am Seitenfenster der Haustür herum, es hält den Schlüssel in der Hand. Auch die Haustür fliegt auf. Schritte auf der Treppe. Fast umgehend steht Nicola wieder in der offenen Tür. Im Nu rennt sie auf Holtmann zu, der im Gehen mit dem Jungen Alfredo redet. Ihr Atem fliegt. Sie spricht laut, mit kratziger Stimme. Alle verstehen sie, sogar die Portugiesen: »Mama ist weg, das Haus ist leer, Oma ist ja bei ihrer Freundin Annalena Franzen. Da ist Mama bestimmt nicht. Ich weiß, wo sie ist: im Wald. Wir müssen sie suchen!«

EIN SCHREI

Die Gäste steuern sofort auf das Auto am Rande der Straße zu und steigen ein. Michael Holtmann hat weiter unterhalb des vorletzten Hauses geparkt. Er antwortet nicht, winkt nur mit der Hand, was »einsteigen« bedeutet. Zuletzt klettert er umständlich hinter das Steuer, schaut aber noch einmal auf das Gehöft der Großmutter zurück. Er sieht die offene Haustür gleichzeitig mit Nicola. Die ist schon vom Beifahrersitz heruntergerutscht und spurtet los. Im letzten Moment hat sie den Schlüssel im Versteck am Fenster untergebracht, damit die Oma ins Haus kann. Holtmann hat schon den richtigen Gang eingelegt.

»Nicola, gut gemacht!«, lobt er sie. Er schaut kurz zu ihr hinüber und jagt dann immer zügiger auf seinen eigenen Hof zu, biegt aber nicht ein, sondern steuert Richtung Wald. Er glaubt, dass Nicola recht hat. Von früher meint er sich zu erinnern, dass Hanne immer dann in den Wald lief, wenn irgendetwas schiefgegangen war im Hause Meyenstett, nämlich bei der Schwiegermutter, die sich eine andere Schwiegertochter gewünscht hatte. Das war für Hanne eine starke Kränkung. Sie blieb oft lange weg, zu lange, um ein Verstehen vonseiten der alten Herrschaften zu erhalten. Ein Stadtkind war sie, dazu noch ein Stadtkind aus dem Norden. Die Hanne hat ihm leidgetan.

Am Waldrand stellt Holtmann das Auto ab und redet auf Sven ein, der seinen Hund auf dem Rücksitz an sich gepresst hält.

»Sven, bleibt du mit Waldi hier im Auto. Wenn du die Hanne siehst, musst du den Hund zum Bellen bringen, damit wir Bescheid wissen, dass sie da ist. Sonst hältst du ihm die Schnauze zu, verstanden?«

Der Hund macht große Augen, als wisse er, es geht um ihn. Sven aber versteht nichts mehr von der Welt, trotzdem nickt er.

Die beiden anderen steigen aus. Holtmann geht in die eine Richtung, Nicola strebt der Gabelung in der andern Richtung zu. Am Ende des geraden Weges, wo der sich wiederum gabelt, steht eine Bank etwas abseits. Das ist ihr Ziel. Die Stelle kennt sie. Oh, wie schön es doch in diesem Wald ist – Zimmer aus grünem Licht gibt es da. Die Stille ringsum. Oft aber atmet sie, Nicola, an der Stelle auch ihre ganze Wut aus.

»Treffpunkt am Auto in einer Viertelstunde. Hat deine Mutter eigentlich kein Handy?«, ruft Holtmann noch.

Sie schüttelt den Kopf, dann ist sie weg. Holtmann setzt sich in Bewegung. Was immer um ihn herum los ist, dauernd muss er sich um irgendwen kümmern. Manchmal möchte ihm der Kragen platzen. Dann muss er lächeln: All diese Menschen, was sie für Sorgen haben. Er hat nur den einen großen Kummer: Dass seine Frau an ihrem Krebs sterben musste! Nicht helfen zu können, wie grausam schrecklich!

In dem Moment hört er einen Schrei auf der rechten Seite des Weges, mehr aus der Richtung, die Nicola genommen hat.

»So schreit ein verwundetes Tier!«, weiß er aus seiner Jagderfahrung. Er rafft alle Kräfte zusammen, startet sofort wie bei einem Querfeldeinlauf über Stock und Stein, quer durch den Wald. Hoffentlich kann er rechtzeitig vor Ort sein, wo vielleicht gerade eine Katastrophe im Gange ist. Irgendwann demnächst wird er auf den Weg stoßen. Wo stand die Sonne vorhin? Seine Gedanken jagen durcheinander: Sollte sogar ein Wolf unterwegs sein und ein krankes Wildtier reißen? Er will nicht weiterdenken, nur laufen, schnell laufen. Aber da ist das verflixte Unterholz. Das niedrige tritt er einfach fest, so gut es geht. Verflochten mit dem Gesträuch sind die wilden Brombeeren, die ein Netzwerk bilden in der Nähe des Bodens, eine wahre Zerreißprobe für die Kräfte: Immer wieder kurz stoppen, zerren und reißen, dass man vorwärtskommt. Noch weiter rechts muss er sich halten. Der Schrei dauert an, schaurig in seiner Länge. Er stolpert, reißt sich los, verzweifelt, eine Sekunde ist Ruhe – ganz plötzlich dann ist der Schrei erneut da, noch eindringlicher. Kalt läuft es dem Mann den Rücken hinunter. Er kann keinen Verlust in seinem Leben mehr ertragen. Links und rechts knickt er wahllos die höheren Hölzer zusammen. Dies ist sein Wald. Er gehört zum Hof. Er kann also machen, was er will, wenn er nur jetzt zur Stelle sein kann, wo etwas Schlimmes passiert sein muss. Wieder hält er einen Moment inne. Sein Atem geht laut, wie bei einem defekten Motor. Er muss vorsichtig sein mit sich, nicht nur mit den anderen Leuten. Wie alt ist er denn? Nun kann er wieder laufen. Er keucht. Dahinten, eine graue Linie schimmert durch die Büsche. Das muss der Weg sein. Er kennt sich doch wohl aus hier in seinem eigenen Wald. Er bleibt wieder stehen. Der Schrei verebbt langsam, stößt noch mal nach.

Holtmann weiß nicht, was das zu bedeuten hat. Ist da jemand gestorben? Etwa Hanne, die Frau, die er immer so gut leiden mochte, Nicolas Mutter?

Er betritt den Weg, streicht sich mechanisch an den Hosenbeinen entlang. Beide unteren Säume hängen in Fetzen. Weiter vorn sieht er das Mädchen laufen, jetzt hält es inne, beugt sich suchend vor. Letzte Schritte auf die Ecke zu, in der er eine Bank aufgestellt hat im Herbst für die Spaziergänger.

Plötzlich läuft Nicola weiter und ist hinter einer hohen Fichte verschwunden.

Der Mann reißt sich die warme Jacke von der Schulter. Er muss sich auf alles gefasst machen.

Wenn sich nur sein Herz beruhigen würde. Er presst die Hand darauf und erreicht nun auch endlich die Bank.

Was Michael Holtmann sieht, kann er nicht glauben. Ein Schreckensbild hatte er vor Augen.

In Wahrheit aber sieht er das schönste Bild, das er sich vorstellen kann: Zwei Menschen in einem Knäuel auf der Bank – so nah beieinander, dass einer vom anderen kaum zu unterscheiden ist, Hanne und Nicola lachen und weinen, reiben sich am Ärmel der anderen die Augen trocken. Und das auf seiner Bank. Seine Hand massiert die Herzstelle. Sie strahlt einen anhaltenden Schmerz aus, der manchmal unvermutet auftaucht und ihn unsicher macht. Aber was solls: Das Leben geht weiter. Was um ihn herum in der letzten Zeit passiert ist, kann er kaum fassen. Die große Unruhe im Dorf durch die Flüchtlinge von weither, wohin kein Mensch denken kann, dann wie aus dem Erdboden gewachsen die beiden jungen Menschen als Liebespaar, Jonas und Nicola. Als Weiteres die Portugiesen. Zuletzt Hanne, die er lange nicht mehr gesehen hat, Begegnungen vor Jahren, sie allein in Laubheim im Supermarkt, später mit ihrem Mann auf dem Bahnhof in Nürnberg. Ihm war, als stockte sein Atem. Damals berichtete er nicht vom Tod seiner Frau. Es war zu schwer und die beiden schienen glücklich zu sein. Nun scheint eine Welt dazwischenzuliegen, obwohl nur ein paar kurze Jahre vergangen sind.

Tief einatmend nähert er sich den beiden. Bisher haben sie ihn noch nicht bemerkt. Er tut so, als würde er die Bäume inspizieren, blickt an ihnen hinauf und hinunter, räuspert sich dann und findet, jetzt könnte es genug sein mit den Umarmungen. Er nimmt die Hand von der Jacke und bemerkt übertrieben langsam: »Na, ihr zwei!«

Sie fahren erschrocken auseinander. Freude strahlt über ihre rot geweinten Gesichter.

»Michael«, ruft Hanne. Sie streckt ihm die Hand entgegen. Er greift nach ihr und lässt sich dann stöhnend am Rand der Bank nieder. Hanne steht langsam auf. *Irgendetwas stimmt nicht mit dem Mann*, denkt sie sich. Sie greift nach seinen beiden Händen und ruft erschrocken: »Du bist ja ganz kalt, Michael, zieh sofort die Jacke an, gib her, ich helfe dir! Bist du etwa krank, mein Lieber? Beruhige dich doch, habt ihr zwei mich gesucht? Das ist gut, Ihr habt mich auch gefunden. Ich danke euch! Ich bin ja da, war nur so furchtbar allein und habe sehr geweint. Nun ist es gut. Komm, ich reibe deine Hände!«

Nicola zieht ihm verlegen die Jacke zurecht. So nah ist sie ihm noch nie gekommen. Dabei fällt ihr der Brief von Jonas ein, der in ihrer Jeanstasche hinten steckt. Instinktiv fühlt sie kurz, ob ein leichter Schlag den Papierinhalt anzeigt: Ja, alles in Ordnung. Später, wenn sie ganz allein ist, wird sie ihn lesen. Sie atmet auf und schlägt vor: »Ich geh mal zum Auto, Sven wird sich Sorgen machen, das soll er nicht!«

Sie hüpft mit einem langen Sprung auf den gepflasterten Weg, winkt noch einmal und ist dann unter den dichten Bäumen verschwunden.

WALDI, DER MENSCHENHUND

Zuerst geht das Mädchen vor sich hin. Ist das zu fassen, was alles passiert ist?

»Arme Mama! Wie sie geschrien hat. Das hätte ich nie gedacht, ich kenne meine eigene Mutter nicht, niemals in ihrem ganzen Leben war sie so von der Rolle …«, murmelt sie vor sich hin.

Im Fernsehen, ja, da schreien Frauen. Manchmal auch Männer in Krisengebieten wie Syrien oder in Krimis. Nachdenken, nachdenken, das muss sie nun, ob sie will oder nicht. Die hohen Fichten am Wegesrand bemerkt sie erst heute, ein freundliches Wedeln der riesigen Zweige. Manche Hunde haben so ähnliche Schwänze, in sich verzweigt und doch buschig, sie fegen damit den Staub auf der Straße. Jedenfalls zu Hause in Hannover.

Sie bummelt vor sich hin auf dem Weg zum Auto. Wer kann denn wohl im Laufen denken?

Zwischen den immergrünen Nadelbäumen stehen noch nackte große Bäume mit ganz geraden, glatten Stämmen. Sie bleibt stehen. Im Gezweig zeigt sich ein grüner Schimmer, Vögel hüpfen aufgeregt darin umher. Tatsache, all diese kleinen Veränderungen bedeuten doch wohl nur eins: Der Frühling ist da. Eben zirpte etwas im Unterholz, eine Maus oder was. Sie tritt ein Stück in den Graben neben der Straße: Eine Maus würde sie jetzt gern sehen. Aber nichts. Auch gut. Nicola schaut den gepflasterten Waldweg entlang. Ein Etwas kommt winselnd auf sie zu gekrochen. Das Etwas stößt auch Laute aus. Bald jault es und bellt, dann wälzt es sich im Staub mitten auf dem Weg, dann jagt es wie angestochen ins Gebüsch, als wollte es das unsichtbare Leben aufspüren, das nur leise fiept; die Mäuse! Blitzschnell dreht sich das Bündel aus dem Dickicht heraus und nähert sich nun keuchend dem Mädchen.

»Waldi, du kluges Tier, du kannst ja richtig laufen! Hast du uns etwas vorgemacht mit deinem Rheuma? Du bist wohl ein Menschenhund – willst immer lieb betreut werden?«, ruft Nicola überrascht. Hannover fällt ihr ein: In der Stadt gibt es eigentlich nur Menschenhunde. Man kleidet sie sogar in alberne Pullover und führt sie so spazieren.

Sie bückt sich und streichelt den Hund.

»Armes Deutschland«, stöhnt Oma manchmal. Was sie damit meint? Sie mag nur Hühner im Grunde genommen. Nicola möchte cool bleiben – eigentlich. Der kleine Hund will schon wieder getragen werden, möchte auf ihren Arm. Sie kennen sich, sie mögen sich. Waldi und Nicola können sich gut riechen, das ist es. Sie nimmt den Hund mit beiden Händen auf, vorsichtig, für den Fall, dass er doch Schmerzen haben sollte. Er zittert, stellt sie fest. Aber sie kann ihn mit der einen Hälfte ihres Anoraks wärmen, das gefällt ihm so lange, bis er Sven in der Ferne wahrnehmen kann.

Das Blau des Autos blinkt durch die Büsche. Darin wartet das Herrchen. Sanft wird das Tier auf dem Boden abgesetzt. Im nächsten Moment hockt er schon auf Svens Schoß, die Autotür steht ja weit offen. Der lacht, er freut sich und versucht nun mühsam, sich am Haltegriff hochzuziehen, um auszusteigen. Sofort redet er los. »Na, Mädchen, wer hat denn da im Wald einen solchen Lärm gemacht?«, fragt er neugierig.

»Lärm?«, gibt Nicola zurück. »Lärm habe ich nicht gehört.« Hu, was denkt sich der Sven? Sie sagt noch: »Das andere kann dir Mama erzählen, wenn sie will. Wenn sie aber nicht will, wirst du selbst rauskriegen, was im Wald los war.«

Von einer Minute auf die andere fühlt das Mädchen Sven gegenüber einen starken Widerstand. Was der immer in den Geschichten anderer Leute zu suchen hat? Am Ende hat er noch den Brief von Jonas an sie aus der hinteren Tasche ihrer Jeans herausragen sehen? Stumm lehnt sie sich ein Stück über die Kühlerhaube und schaut auf den Waldrand zurück. Sie wartet. Der Blick nach vorne über die Weiden tut gut. Da ist gar nichts zu sehen. Kein Schaf, kein Hase, nur ein paar Krähen.

Und doch findet auf den Weiden das geheime Leben der Mäuse statt. Zum Beispiel. Es gibt auch Erdlöcher, in denen Wespen hausen. Sie stechen den Füchsen manchmal beim Schnüffeln in die Nase. Nicola versucht nachzudenken. Die Frühlingsluft hat alles verändert. Am Dienstag muss sie wieder zur Schule.

Ein kurzes Zerren am Hosenbein erinnert sie an den Menschenhund, der Waldi heißt. Er bellt kurz auf. Das wird wohl heißen: Nimm mich auf deinen Arm! In dem Moment sieht sie Michael Holtmann mit ihrer

Mutter aus dem Wald kommen. Die Frau stützt den Mann. Wie seltsam!

Ehe sie heran sind, dauert es eine ganze Weile. Ihre Mutter bemüht sich also um Herrn Holtmann. Wird sie ihn jetzt immer beim Vornamen nennen allmählich. Einfach fragen, findet sie. Dabei stellt sie fest: *Ich bin ich, das »Winterhuhn« war einmal!*

DAS SCHICKSAL FRAGT NICHT

Schweigend steigen die beiden ins Auto ein. Sven umklammert den Haltegriff. Dann überlässt er Frau Hanne den Beifahrersitz. Nun findet sich Nicola hinten im Auto wieder. Gut, dass es hier vier Türen gibt! Überrascht von dem neuen Umstand schweigt er für den Rest des Weges.

»Kannst du fahren oder soll ich vielleicht …?«, fragt die Mutter. Holtmann lächelt mit starrem Gesicht.

»Geht schon«, antwortet er, »wir fahren eben bei eurer Großmutter vorbei. Da laden wir Nicola ab, nicht wahr? Kann sein, dass sie bei der Oma gebraucht wird. Du wirst doch noch mitkommen auf den Hof? Bitte! Dr. Ehlers schaut bestimmt vorbei, wenn ich ihn sofort anrufe, obwohl es spät geworden ist. Na ja, wir werden sehen. Jedenfalls brauch ich Ruhe, das wäre das. Vielleicht habe ich einen Schlaganfall bekommen vor Schreck«, beendet er seine kleine Rede. Nicola kann im Spiegel sein Gesicht sehen und entdeckt ein schief stehendes Auge. Merkwürdig. Mit Schlaganfällen kennt sie sich gar nicht aus. Überhaupt gab es wenige Krankheiten in ihrer Familie.

Also hat Mama Mitschuld an dem, was Holtmann passiert ist? Na, das wäre schlimm, sinniert Nicola und schaut Sven an, der mit halb geschlossenen Augen neben ihr sitzt und so tut, als würde er schlafen, seinen Hund bei sich. Waldi lugt gerade unter Svens Arm hervor. Er äugt aufmerksam zu dem Mädchen hinüber. Obwohl es auf dem Rücksitz eng ist, versucht er ein Wedeln gegen die Polsterung. Zum Abschied krault sie ihn kurz zwischen den Ohren und flüstert: »Na, du Menschenhund?« Auch ihre Mutter wird bedacht: »Mama, rufst du bei Oma an, wenn der Arzt da war?«, fragt sie, während sie ihren Arm von hinten um Mutters Hals legt. Die drückt einen schnellen Kuss auf die ausgestreckte Hand. *Oh, das tut aber gut,* findet Nicola. Dann sind sie am Haus der Großmutter angekommen und sie steigt aus. Das Auto wendet und fährt wieder dem Dorf zu. Die portugiesischen Besucher haben sie in diesem Moment alle so gut wie vergessen – bis auf Sven vielleicht?

Die offen stehende Gartenpforte schiebt Nicola mit der Schuhspitze fest zur Seite. Sie schlägt sogar gegen den gemauerten Kantstein der Rasenabgrenzung. Sofort öffnet sich die Haustür. Die Großmutter tritt heraus, hinter ihr Fredy mit einem finster verzogenen Gesicht.

»Mama meldet sich später. Sie ist mit zu Holtmanns auf den Hof gefahren, weil der Arzt noch bestellt werden muss, Herr Holtmann hat ein schiefes Gesicht«, kommt sie der Großmutter zuvor mit ihrer Erklärung. Oh, wie sie doch gar keine Lust hat, mit ihr zu reden. Gleich wird das Geschimpfe wieder losgehen, was sie alles zu schaffen hat mit der Familie aus Hannover, dabei hat sie immer nur eins gewollt: Ruhe haben auf ihrem kleinen Hof. Ohne den Opa ist ihr alles lästig, wenn der ihr auch noch so viel Rauch ins Gesicht geblasen hat, pfui Teufel! Immerhin ist

Fredy da, der nicht einmal Zigaretten raucht, von einer Zigarre ganz zu schweigen. Er trägt einen ziemlich großen Spaten in der Hand. Wahrscheinlich ist es an der Zeit, die Beete im Garten umzugraben, um sie für die Frühjahrskartoffeln und anderes Zeug klar zu machen.

»Mama ruft an, wenn sie mehr weiß«, hängt sie aber noch versöhnlich dran, dann schiebt sie sich mit dem Rücken zur Wand an den beiden vorbei und rast wie angestochen die Treppe hinauf in ihr Zimmer. Jetzt wird abgeschlossen und endlich der Brief gelesen, der hinten in der Hosentasche vor sich hin geträumt hat. Sie stellt sich viele Zeilen vor, die von Sehnsucht berichten – bloß endlich sich aufs Bett werfen mit heißem Gesicht und die obere Kante mit einem Ruck aufreißen: Heraus fällt ein kleiner Zettel, auf dem nur drei Worte stehen: »Jonas und Nicola«. Nichts weiter? Ach, der Zettel hat ja die Figur eines Herzens, flüchtig mit Zacken drum herum zurechtgerissen. Sie presst das Stück Papier an ihre Lippen und fängt an zu weinen. Sie möchte schreien, genau wie ihre Mutter, wenn eine Schamwelle zum Herzen hin sie nicht zurückhalten würde.

»Jonas, du hoffst doch sicher, dass ich vor Freude über deine Idee bis an die Decke springe, oder?« Also legt sie nur die Hand auf ihr Herz und lauscht auf das Pochen. *Wie lange so ein Herz wohl braucht, um den normalen Gang einzulegen?*, fragt sich das Mädchen.

»Kind, mach sofort die Tür auf, was soll das Theater? Wo wart ihr so lange? Ich habe mir Sorgen gemacht.

Ich könnte vor Sorgen um euch umfallen, das merkt ihr gar nicht. Keiner denkt hier an mich!«

Ein Schlag gegen die Tür. Oma dreht durch. *Oh je*, denkt Nicola und schwingt sich vom Bett herunter. Langsam öffnet sie die Tür, um die Großmutter ins Zimmer zu lassen. Sie bleibt im Türrahmen stehen, ihr Mund öffnet sich, aber er entlässt keinen Laut. Plötzlich dreht sich die alte Frau und sinkt auf dem Bett zusammen. Nicola hat ihre Oma noch nie weinen sehen. *Hoffentlich fängt sie nicht gerade jetzt damit an*, denkt Nicola. Sie setzt sich neben sie auf das Oberbett und nimmt ihre verarbeitete Hand auf, eine kalte Hand, und reibt sie zwischen ihren Händen. Die Oma schluckt wie an einem groben Bissen beim Essen. Endlich entschließt sich Nicola zu einer Erklärung: »Mama war im Wald und hat geschrien. Wir haben sie gesucht. Die Portugiesen gingen schon weg, nach Laubheim zum Zug, glaube ich. Mama war so schrecklich unglücklich – wie ich, bloß, dass ich nicht geschrien habe. Das war, als ich hier angekommen war. Ich hatte ja niemanden.«

»Wo ist die Hanne denn nun, warum bist du allein hier?«, wird sie gefragt. Nicola antwortet: »Weil den Herrn Holtmann der Schlag getroffen hat im Wald bei der Suche nach Mama. Sie ist mitgefahren auf den Hof, das wollte er so. Der Arzt aus Laubheim soll nach ihm sehen, der ist sein Freund. So lange soll die Mama bei ihm bleiben, glaube ich.«

»So ist das also, und was ist das hier?« Die Großmutter ergreift das Papierherz von Jonas, das sie aus einer Stofffalte im Bett zieht. Im Nu hat das Mädchen es ihr aus der Hand gerissen.

»Ihr seid allesamt gegen mich, ich verstehe. Gut, dass ich Bescheid weiß. Ich werde mich schlafen legen. Fredy ist schon nach Hause gegangen. Er hat es mit dem Ischias und konnte gar nicht richtig graben. Für mich ist der Tag zu Ende. Du weißt ja, wo die Abendbrotsachen stehen. Ich gehe jetzt ins Bett und möchte keinen mehr sehen!«

Ihre tapsenden Schritte entfernen sich Stufe um Stufe. Die Zimmertür hat sie offengelassen. Da springt Nicola mit solcher Kraft hoch, dass der Bettvorleger ein Stück verrutscht. Sie holt die Oma auf der untersten Treppenstufe ein und schlingt ihr die Arme um den Hals.

»Oma, ich werde für dich graben, ich kann das, bitte sei nicht traurig, ich kann mehr, als du denkst. Nächsten Monat werde ich vierzehn. Andere Jugendliche müssen dann schon ihre Lehre anfangen. Glaubst du mir und bist nicht mehr böse?«

SCHÄTZE

Im Treppenflur ist es schon dunkel. Sie spürt, dass sich eine Hand an ihre Wange legt. Eine Stimme flüstert: »Ist schon gut, Kleine!« Dann geht jede in ihren Raum. Leise schließen sich die Türen. Das weiße Herz mit der Inschrift von Jonas liegt zerknittert auf der Bettdecke, Nicola nimmt es an sich, zieht es zum Glattwerden ein paar Mal über ihr Knie, schaut sich dabei nach der Dose mit den Silberlingen vom alten Sven um und rückt sie aus dem hinteren Bereich nach vorn auf die Platte ihres Schreibtisches. Sie hat die Teile noch niemals richtig angeschaut. Jetzt schüttet sie den Inhalt scheppernd auf die Schreibunterlage. Einige Stücke sind so dünn, dass sie meint, sie seien durchsichtig. Ob sie echt sind? In Hannover wird sie später zu einem Münzhändler gehen, zur Beurteilung. Zwei verschiedene Kostbarkeiten liegen nun vor ihr. Über die Silberlinge fliegen ihre Blicke bald hinweg. Das Herz aber mit den Zacken ringsum bringt sie zum Träumen. Bloß nicht zu lange herumhängen mit den Teilen, meine Güte, sie will sich nicht verlieren, wie es das »Wasserhuhn« früher am Anfang in Unterhofen, als sie so oft unglücklich war. Sie ist Nicola und kann anpacken. Darauf kann sie stolz sein, das fühlt sie. Nun ist ihre Zeit hier auch zu Ende. Am Dienstag beginnt der Unterricht in Hannover.

Die Münzen schüttet sie in die Dose zurück. Sie werden sich schon von allein wieder melden und in der ihnen zugehörigen Sprache sprechen! Wie lang der Tag doch war. Wie müde sie ist! Das weiße Herz von Jonas nimmt sie mit ins Bett.

Lange kann sie nicht schlafen. Es ist das Paarwesen, das sie wachhält: Jonas und Nicola. Dabei fällt ihr auf, dass es auch andere »Paarwesen« gibt in ihrer Umgebung, zum Beispiel:

Mama und Papa,
Mama und Michael Holtmann,
Holtmann und seine tote Frau,
Holtmann und Jonas,
Mama und Oma,
Mama und Nicola,
Holtmann und Sven Björnson,
Sven und Waldi, der Menschenhund,
dann Oma und Annalena Franzen,
Oma und Fredy mit dem dicken Bauch,
Jonas und sein türkischer Freund in Erlangen.
Geht es so?
Oder anders?
Immer wieder neue und andere Mischungen ...

Die Frage ist nur: *Wen habe ich wirklich voll und ganz?*

Am nächsten Morgen beim Frühstück schaut Nicola wie blind aus dem Fenster. Oma fragt: »Na, mein Kind, gut geschlafen?« Omas Stimme hat einen neuen Klang, Nicola schüttelt den Kopf. Fragen hat sie so viele im Kopf, dass sie erst einmal die Hauptfrage rauslassen muss: »Oma, warum hast du den Opa geheiratet, wenn er doch oft so garstig zu dir war?«

»Oh«, meint die Großmutter nur. Sie steht auf und holt sich die Kaffeekanne vom Herd.

Während der Wartezeit hält sie ihre Brotschnitte erhoben in der Hand.

Was sieht Nicola vor dem Fenster am Wäschepfahl aufrecht stehen? Den Spaten!

»Aha«, brummt sie. Im Moment hat sie noch keine Lust, an ihr Versprechen von gestern Abend zu denken. Sie senkt verlegen den Kopf. Die Oma setzt sich. Nicola schaut ihr ins Gesicht und sagt: »Wenn du es mir nicht erzählen willst, auch gut!«

In dem Moment klingelt jemand an der Haustür. Nicola springt auf: Frau Schmidt steht da mit den beiden Mädchen Nermin und Yildiz. Alle drei sind irgendwie verlegen.

»Kommt doch rein«, erleichtert die Oma den Anfang. Eva Schmidt räuspert sich, tritt näher heran mit den Worten: »Oma Meyenstett, die Ferien sind am Montag zu Ende, die Schule wird geräumt. Nermin und Yildiz wollen sich von Nicola verabschieden, sie sind traurig, weil sie nicht wissen, wohin man sie bringen wird. Die Asylanträge laufen, aber nichts geht voran. Die Schulräume werden gebraucht, nicht wahr, Nicola? Jetzt müssen wir noch alles von oben bis unten reinigen. Die Putzfirma will das teuer bezahlt haben, also packen wir alle an!«

»Setzt euch erst mal. Und dann noch mal von vorn!«, reagiert die Oma milde.

Na, so etwas, schießt es Nicola in den Sinn. Sie mustert ihre Großmutter. Deren Gesicht wirkt ganz entspannt. Erfreut setzen sich die drei um den Tisch herum. Frau Schmidt hat noch etwas auf dem Herzen. Sie schaut von Nicola zur Großmutter und wieder zurück. Dann fragt sie zaghaft wie ein junges Mädchen: »Nicola, du hast uns letzte Woche ganz zu Anfang deine Hilfe angeboten, weißt du noch? Jetzt frage ich dich: Du gehst doch zur Schule dort in Laubheim, du kennst alle Gelegenheiten, könntest du uns morgen, wenn alle abgereist sein werden, zu Hilfe kommen beim Saubermachen? Geht das?« Nicola antwortet mit einem leichten Kopfschütteln: »Draußen steht schon der Spaten, Oma, ich wollte eigentlich die Beete umgraben ...«, sagt sie.

Die Oma zieht die Stirne kraus.

»Das Graben hätte Zeit, ich schlage vor, du fängst heute schon mal ein bisschen an damit, dann siehst du auch, wie schwer die Erde ist, wenn man sie umgraben will oder muss. Immer langsam und morgen hilfst du in Laubheim. Das wäre doch schön! Wartet mal, Eva! Ehe ihr geht, will ich deinen Schützlingen etwas zum Andenken mitgeben!«

Als sie aus dem Wohnzimmer zurückkommt, hat sie zwei Fotos in der Hand. Yildiz und Nermin nehmen jede eins entgegen und gehen damit zum Fenster.

»Ah«, sagen sie erstaunt wie aus einem Munde. »Nicola Baby! Danke!«

Sie haben also in der kurzen Zeit in Laubheim etwas Deutsch gelernt. Frau Schmidt lächelt vor sich hin: »Tja. Schade, dass sie nun fortmüssen, man gewöhnt sich gleich aneinander und mag sich gern. Wohin wird man sie bringen?! Aber wenigstens können sie sich ein wenig zurechtfinden. Es ist schwer das Ganze. Wenn man hier friedlich wohnt in Unterhofen und in Laubheim, in dieser schönen Gegend, und man müsste weg von hier, oh je, nicht wahr, Oma Meyenstett? Nicht auszudenken. Hat sich denn Hannes Mann gemeldet? Ich habe gehört, dass Hanne zurück ist …«

»Ich hoffe jeden Tag darauf!«, antwortet die Oma und ihre Finger tasten nach ihrem Schürzenzipfel, damit sie ihn zur Hand hat, wenn sich tatsächlich Tränen zeigen sollten.

GRABEN UND SÄEN

Nicola nimmt zum ersten Mal in ihrem Leben einen Spaten in die Hand. Da lehnt er ganz gemütlich am Zaunpfahl: Mann, ist das Ding schwer. Der ist bestimmt nur für starke Männer gedacht! Nach dem Wiegen in der Hand stellt sie ihn vorläufig wieder zurück. Außerdem hört sie von der Straße her ein *Tok, Tok:* jemand mit einem Stock. Wieder niemand in ihrem Alter. Heimlich hofft sie auf Jonas. Verdrossen wie eh und je fällt ihr die Oma von gestern ein – der sie geantwortet hatte: »Ich kann mehr, als du denkst!«

So, sie wird sich keine Blöße geben und holt den Spaten erneut an sich heran: ein Stiel aus Holz. Der kann brechen. Die Schaufel selbst aus blankem Eisen, die kann nicht brechen. Nicola fasst das Gerät mit der rechten Hand in der Nähe der Schaufel an, die linke Hand packt den Griff. Vom Haus her ruft die Oma: »Nimm zuerst das Beet hinten am Zaun, da ist der Boden nicht so schwer!«

»Mach ich schon! Ich probiere erst, ist ja nicht so schlimm, wenn es langsam geht«, gibt sie zurück. Hauptsache, die Oma beobachtet nicht jeden Spatenstich und mäkelt herum. Als sie die Haustür ins Schloss fallen hört, ist sie beruhigt. Auf dem Weg selbst schleift sie das sperrige Monstrum hinter sich her. Das geht ja noch, aber als sie an dem besagten Beet angekommen ist, sieht sie all das graue Gestrüpp und Winterzeug oben draufliegen. Sie sieht ein, dass sie einen Rechen benötigen wird, bevor sie loslegen kann. Soviel weiß sie. Sie ist nicht dumm, hat in Hannover natürlich genug Nachbarn in ihren Gärten wirtschaften sehen, wenn es sie auch nicht direkt interessiert hat, was sie dort wühlten und zauberten. Also zurück zum Schuppen und angefangen. Bald sind die Zweige beiseite gerecht und auf einem Haufen in der Zaunecke aufgeschichtet. Wenn das Zeug später verbrannt werden sollte, würde sie dabei sein. Für ein offenes Feuer ist sie zu haben. Hoffentlich gibt es keinen Regen. Sie guckt ins Wetter – so sprach der Opa früher und tat sich wichtig. Der erste Spatenstich fällt viel zu groß aus. Sie wälzt das Erdstück herum und teilt es entzwei. Schwer ist der Boden schon, aber sie macht weiter.

Das kleine Beet macht sich gut mit der frischen Erde obenauf. Noch überharken und glatt machen.

Plötzlich fühlt sie sich beobachtet: Fredy steht am Zaun. Den Stock hat er zwischen die Zaunlatten geklemmt und stützt sich drauf. Jemandem wie Fredy ist es nicht gegeben, länger nicht zu reden: »Na, Kleine, bist tüchtig dabei, sieh mal einer an. Fredy braucht sich gar nicht immer krumm zu machen, geht doch ohne ihn!«

»Oma will zuerst Mohrrüben säen, weil die Saat nicht so empfindlich ist gegen die Kälte«, kommentiert sie und will an ihm vorbei. Er rattert unwillig mit dem Stock. Einen Satz hat er noch auf Lager.

DAS KIND IST KEIN KIND MEHR

»Na, weißt du etwas von dem Theater gestern im Wald? Jemand hat so laut geschrien, als würde er ermordet?«

»Nein«, antwortet sie und verschwindet im Galopp in der Haustür. Durchs Flurfenster sieht sie den Fredy stehen, wie er mit seinem Stock zwischen den Zaunlatten stochert und lärmt. Was ist in ihn gefahren? Fredy wohnt ganz am anderen Ende Unterhofens. Er ist verheiratet, hat aber keine Kinder? Sie weiß es nicht genau. Trinkt er etwa Alkohol? Bevor er nicht weg ist, wird sie den Garten nicht betreten. Die Oma öffnet die Küchentür.

»Brauchst du die Saat?«, fragt sie. Nicola nickt, dann zeigt sie aus dem Fenster.

»Der Fredy will wissen, wer gestern im Wald so laut geweint hat, dass die Leute Angst bekommen haben. Das war Mama, Oma, ich sage dir das jetzt. Es war so schlimm, sie hat es schwer, aber Herr Holtmann kam dann, als ich sie schon gefunden hatte. Wir haben uns wieder vertragen. Hat Mama angerufen? Weißt du etwas von Papa?«

»Ja«, sagt die Oma und dreht sich zur Seite. »Die Firma in Hannover hat sich gemeldet, als du im Garten warst. Wir sollen zurückrufen, dann wissen wir mehr. Also, deine Mutter möchte sich bei der Firma ›Sonflex‹ melden. Das kann sie dann später tun, nicht wahr? Ich will nichts Böses sagen, aber ich ahne etwas. Der Mann am Telefon hatte eine belegte Stimme. Die ganze Welt ist verrückt heutzutage. Die Menschen unten im Süden haben ihre Handys und Fernseher. Sie brauchen immer mehr davon und greifen leicht zu einer Waffe. Sie wissen gar nicht, dass die Wissenschaftler auch für sie arbeiten. So ungefähr reime ich mir die Sachen zusammen. Aber du, mein Kind, mach dir erst mal keine Sorgen, versprichst du mir das?«

»Nein«, widerspricht Nicola, »weil es gar nicht geht, wie du sagst, ich möchte nämlich gar nicht mit nach Hannover, ich will hierbleiben. Bei dir und den anderen hier in Unterhofen so lange, bis alles geklärt ist mit Mama und Papa. Ich frage dich nicht. Jetzt will ich auch mal etwas für mich tun – und vielleicht für dich mit – und für Jonas und die anderen. Am Dienstag gehe ich in Laubheim weiter zur Schule. Wir werden ja sehen was wird!«.

Nicola hält der Oma die Hände fest, damit sie nicht dauernd nach dem Schürzenzipfel greifen kann – wie das aussieht! Jetzt will sie noch etwas Wichtiges hinzufügen: »Oma, manchmal bist du so, wie man früher war: Man denkt, du willst einfach nichts mit der Zeit zu tun haben, alles stört dich – die Flücht linge in der Schule, Papa und Mama und noch mehr irgendwie. Kann es sein, dass du dich fürchtest vor neuen Sachen. Meinetwegen vor Sachen wie dem Smartphone, das manche schon haben? Oder vor den jungen Leuten mit Stöpseln in den Ohren?«

»Kann sein, dass du recht hast«, antwortet sie versöhnlich und will sich wegdrehen.

»Schau mich an, bitte!«, sagt Nicola.

Die Oma öffnet die Augen. Aber sie schaut ihre Enkelin nicht direkt an. Die Oma ist wie ein Kind, störrisch und rechthaberisch und nicht in der Lage, zu sehen, wie die Welt um sie herum wirklich ist. Nicola muss den Blick der Oma einfangen. Und weiß plötzlich, wen sie vor sich hat: Die Tochter ihres Sohnes, ihres Mannes Enkelin, ihre eigene große Enkelin, die nun auch einen festen Willen aufbauen will und vielleicht sollte, lauter Personen mit einem unüberwindlichen Eigensinn, auch wenn das anderen Menschen nicht passen sollte. So ist das eben. Diese junge Frau hat sich entschlossen, der Großmutter zur Hand zu gehen, ihre Einsamkeit in der Familie zu vertreiben. Nicola hält ihre Arme fest und drückt, dann lässt sie langsam locker. Verlegen quetscht die alte Frau ihr die Mohrrübensaat in die Hand. Genügend Kraft fühlt sie in dem Moment. Das Kräftemessen ist also gewonnen. Omas Worte fallen wie kleine Gewichte, die auf Holz aufschlagen.

»Ich verstehe dich, glaube ich. Wir wollen Mamas Antwort abwarten. Geh wieder an die Arbeit, zieh im gegrabenen Beet im Abstand von fünfzehn Zentimetern Rillen mit dem Rechenstiel, streu die Saat schön einzeln ein und decke dann alles ab, aber mit der Hand, und klopfe ein wenig fest.« Und nach einer kurzen Bedenkzeit sagt sie: »Ich werde doch noch einen Kuchen backen. Übermorgen ist ja Ostern!« Danach dreht sie sich abrupt um und verschwindet in der Küche.

Fredy hat sich schon in Luft aufgelöst? Aber nein –

weit unten am Dorfrand geht er mitten auf der Straße und wedelt noch immer mit dem Stock. Ab und zu schwingt er ihn mit Wucht durch die Luft und bearbeitet dann das braune Gras im Sommerweg. *Da kann man mal sehen, wie schnell jemand am Boden liegt*, findet Nicola, obwohl dieser Jemand vollkommen aufrecht weitergeht.

Noch vor Ostern wird sie im Aschenviereck ein Feuer anzünden, um die trockenen Zweige zu verbrennen – natürlich mit Omas Erlaubnis.

TIGER-MANUEL: DIE WAHRHEIT

Als Nicola mit allem fertig ist, geht sie im Garten herum: Da ist ja noch so viel zu tun! Allein die Johannisbeersträucher und Himbeeren kann sie aussparen. Sie wird sich einen Plan machen und ist vorerst zufrieden. Als sie im Begriff ist, die Haustür zu öffnen, schlägt ihr Omas laute Stimme ans Ohr. *Aha, sie telefoniert – wer das wohl ist, mit dem sie spricht, bestimmt Mama!*, denkt sich Nicola. Schon wird ihr der Hörer entgegengehalten: »Deine Mutter, na, wenn die erst weiß, wer heute früh angerufen hat, aber hier, nimm du den Hörer. Alles andere später, wenn sie wieder durch die Tür kommt«, droht die Stimme der Großmutter. Da klingt keine Zuneigung zu ihrer Schwiegertochter hindurch. Und so vernimmt sie, dass die Familie Alkazar wieder da ist – auf Holtmanns Hof. Der alte Herr möchte seine deutschen Freunde um sich versammeln, auch Sven, auch Nicola. Er ist allen in Unterhofen eine Erklärung schuldig und hat auch noch viele Fragen: Wer hat den Manuel überhaupt gekannt? Wohin hat er sich gerettet? Wer hat ihm geholfen? Die Großmutter ist auch eingeladen.

Ohne seine Geschichte zu erzählen, die sich zwischen ihm und dem Bruder Manuel abgespielt hat, wird er nicht zurückfahren nach Portugal.

»Alles in englischer Sprache«, erklärt die Mutter. Die Großmutter befindet: »Ich weiß nichts von dem Jungen, er geht mich nichts an – und dann das Englische immer, nein, geh du nur, aber ruf mich an, wenn ihr bei Holtmann fertig sein, der ist ein Guter!«

ALKAZARS BEICHTE

Um den großen Tisch in Holtmanns Diele sitzen alle, die mit auf dem Friedhof waren, auch Sven und sein Menschenhund, der auf seinem Schoß zu schlafen scheint. Die Portugiesen haben ihren Großvater links und rechts zwischen sich in dem großen Raum sitzen, in dem es von Wollteilen und Kissen nur so wimmelt. Nicola erinnert sich noch allzu gut an die lange Winterzeit. Oh, scheußlich – mit allem Drum und Dran, vor allem mit dem Warten. Aber das ist zum Glück vorbei. Was den Portugiesen wohl durch den Kopf geht? Sie schauen sich um. Frau Schmidt steht ein paar Mal auf, rückt noch etwas auf dem Tisch zurecht.

»Für Jonas lassen wir einen Platz frei, der will hier Ostern verbringen. Ich brauche den dicken Klubsessel, bin auf einmal alt geworden«, brummt Michael Holtmann lauter als gewollt. Er schaut Nicola kurz an: »Tja«, meint er etwas freundlicher. Ihm scheint es nicht besonders gut zu gehen, aber sein Gesicht wirkt nicht mehr schief, wie gestern im Autospiegel. Nicola lauscht noch der wunderbaren Nachricht hinterher, die sie eben vernommen hat: Jonas wird kommen – und bald da sein! Dieser eine Satz elektrisiert sie. Am liebsten würde sie aufspringen, um ihm entgegenzulaufen. Aber wie sieht das denn aus? Sie beherrscht sich. Rückt nur etwas tiefer in ihrem kleinen Sessel nach hinten.

Auf dem Tisch stehen Teetassen um eine dicke Kanne herum, die über dem Wärmlicht thront, das man in Hannover »Stövchen« nennt. Eine große Extrakerze, wie man sie in Kirchen auf dem Altar sieht, steht auch da. Es ist halt ein bisschen dunkel in der alten Diele.

Verschiedene Kekssorten entdeckt Nicola in den schönen Schälchen von ihrem letzten Besuch in Holtmanns Zuhause. Oh, wie lange ist das her. Dabei sind erst ein paar Tage vergangen.

Jonas wird kommen! Aufgeregt blinzelt sie aus dem Fenster auf den gepflasterten Hof hinaus. Sie wird ihn als Erste sehen.

»Ach Jonas, wie schön!«, möchte sie rufen.

Und da – er taucht am Hoftor auf, rückt näher, hält den Kopf aufmerksam gerade, macht ein paar Laufschritte, wird wieder langsamer. Nebenbei öffnet er seinen Anorak und schließt ihn. Eine Tasche oder einen Rucksack hat er nicht bei sich. Vielleicht ist er einfach aus dem Haus gerannt, zum Bahnhof hin. Was braucht er schon? Nichts, seine Sachen sind ja hier in seinem Zimmer auf dem Hof seines Onkels. Wie gut er es hat, er kann glücklich sein. Nicolas Blick tastet sich jetzt zurück in den Innenraum. Wie sie hier sitzen und warten. Es geht um Manuel, der oben auf dem Friedhof liegt mit dem, was von ihm übrig ist. Er kann nichts mehr sagen. Oh je. Aber die Anwesenden leben alle, sie denken an ihn. Das Geheimnis seines Lebens soll jetzt geklärt werden.

GLÜCKSZAHL 11

Was für ein Ereignis! So etwas zu erleben. Nicola spürt seit langer Zeit wieder ein »Mittendrin«. Sie ist durch Svens Erzählungen mittendrin in einer sehr wichtigen Geschichte. Sie schaut zu Sven hinüber. Er hat den Blick ebenfalls auf den Hof gerichtet, während er Waldi streichelt. Nicola überlegt flüchtig, dass dieser Hund einen richtigen Namen bräuchte, jeder Dackel in Deutschland heißt Waldi. Er hängt doch an dem Tier, eben ein Menschenhund, aber mit dieser Bezeichnung wüsste Sven bestimmt nichts anzufangen Na ja, muss er selbst wissen! Am Ende nimmt sie sich vor, ganz genau aufzupassen. Ein Lehrer würde sich über sie freuen. Sie hält so lange den Blick auf ihre Hände gerichtet, wie sie es aushalten kann. Nun muss Jonas endlich mal auf die schön geschwungene Klinke drücken. Sie beginnt zu zählen. Die Zahl, bei der die Tür sich öffnen wird, soll in Zukunft meine Glückszahl sein, nimmt sie sich vor. Sie zählt extra langsam, damit sich die Wirkung in Ruhe verstärken kann.

Elf, zählt sie gerade, da betritt Jonas die Wohndiele. Zweimal die eins und so nah beieinander. Nicola lächelt.

Michael Holtmann erhebt sich mit einem Seufzer der Erleichterung aus seinem Stuhl. Jonas geht ihm entgegen und schließt ihn in die Arme. So gut haben es die beiden! Nicola durchläuft ein heftiges Neidgefühl. Der Onkel hält den Jungen am Arm fest nach der Begrüßung und klärt ihn mit kurzen Worten darüber auf, weshalb sich diese Menschen hier versammelt haben. Zum Schluss zeigt er auf den leeren Sessel, lächelt erfreut, schaut die Besucher aus Portugal an und erklärt: »Here we have my nephew. I call him my dear son. He is glad to see you. I think his english is better than mine. He is able to translate!«

Dann nennt er noch die Namen der Besucher, damit Jonas weiß, worum es geht.

Ach ja, der Tiger-Manuel. Von dem hat er schon gehört.

Jeder in Portugal will ein ganzer Mann sein

Sobald Jonas in seinem Sessel Platz genommen und sich auch Eva Schmidt einen Stuhl in die Runde gezogen hat, steht Herr Alkazar mit vor Anstrengung rot erregtem Gesicht auf und ruft laut in den Raum hinein: »Ich Bruder von Tiger-Manuel. Leider ich nicht sprechen viel Deutsch. Nicht abfahren nach Portugal, bevor Wahrheit. Darum hier!« Er zeigt mit der Hand auf den Stuhl neben sich, auf dem noch sein Enkel Alfredo sitzt, zeigt auf Jonas: »Please change your chairs, besser verstehen!« Nun ist Jonas in Nicolas Nähe gerückt. Er sagt im Vorbeigehen: »Hallo Nico ...« Sie antwortet: »Hi, Jonas!«

Als alle wieder sitzen, wendet sich Herr Alkazar ganz konzentriert Jonas zu. Er spricht für die anderen leise in englischer Sprache. Jonas hört zu. Nach wenigen Sätzen übersetzt er das Wichtigste: »Ich und mein Bruder Manuel waren noch jung, damals zu Hause in Lissabon. Unser Haus lag eingeklemmt in einer Treppenstraße. Wir hatten wenig Platz zum Spielen. Auch im Haus war wenig Platz. Unsere Familie war arm, sechs Geschwister gab es. Wir stritten uns um alles, auch ums Essen. Der Vater hatte damals, 1975, ein kleines Auto gekauft, das durfte der älteste Bruder Theophane gemeinsam mit ihm steuern. Sie fuhren damit übers Land, um Sachen zu verkaufen. Im Laden blieb dann ich, ich kannte mich mit dem Verkaufen aus. Das Auto stand an einem Platz zu einem Markt hin. Dafür mussten wir etwas an die Stadt bezahlen. Ja, immer ging es ums Geld. Das wars. Nur Manuel war anders. Er war Idealist. Er hatte sich in Deutschland verliebt, damit hat er mich geärgert. Er sagte: ›Ihr hier seid scheiße. In Deutschland ist es besser, da lesen die Leute viel und haben auch eine gute Sprache.‹ Unser Vater hatte ein kleines Elektrogeschäft. Unsere Schwester war nach der Schule immer zu Hause, sie half unserer Mutter, ging mit ihr zum Markt, sie kochten das Essen, na ja. Manuel war der jüngste Sohn unter uns, er war erst fünfzehn Jahre alt, wurde sechzehn, sah aber jünger aus und ich wurde siebzehn und durfte manchmal hinter das Steuer, wenn mein Vater mich mitnahm. Viel verdiente er nicht, das weiß ich. Ewig fehlte das Geld. Mein Vater schielte immer auf Dollars. Irgendwo im Haus hielten er und Mama für den Fall einer Entwertung des Escudo ein paar Dollar versteckt. Damals gab es den Euro noch nicht. Erst 2002 wurde er eingeführt.

Ja, wo war ich? In der Familie war jeder auf einen anderen von uns eifersüchtig. Schlimm. Manuel hing an mir dran, der schöne Junge. Empfindlich war er wie ein Mädchen. Wenn ich ihn ärgern wollte, nannte ich ihn Schwesterlein. Das war gemein. Jeder in Portugal und Spanien will ein ganzer Mann sein. Also, ich habe ihn geärgert. Er ließ mich nicht los, er wollte alles immerzu mit mir unternehmen. Die anderen Brüder waren viel zu alt für ihn. Wie eine Klette hing er an mir. Wollte ich ihn zornig abwimmeln, schimpfte ich: ›Hast du keine Freunde oder was ist?‹ Er fragte zurück: ›Warum willst du nicht mein Freund sein?‹ Ich starrte ihn an. ›Hat der nicht alle Tassen im Schrank? Warum ist der so bescheuert, mit seinem feinen Gesicht, die Augen manchmal voller Tränen?‹, dachte ich damals. Meine Eltern kümmerte das Zeug nicht, das zwischen den Kindern ablief, nur passieren durfte nichts.

›Du machst ein Gesicht wie Hasser, der von nebenan, der kann nicht anders, magst du mich nicht?‹, fragte er mich immer wieder.

Damals war ich niederträchtig genug zu denken: *Den werde ich auch noch mal los!* Darum ging es: Ich wollte ihn abschütteln. Meine Schulfreunde machten sich lustig über mich. Ich merkte, dass sie sich anzwinkerten und lachten, wenn ich nachmittags mal wieder nicht mitkam zum Fußballspielen auf dem Schulhof.

Dann hatte ich eine Idee. Ich habe etwas getan, das verfolgt mich mein Leben lang. Heute erzähle ich euch das Wichtigste, euch allein, weil ich hier meinen Bruder gefunden habe. Einige von euch haben ihn ja wohl auch kennengelernt? Also, ich bin losgefahren. Isabel und Alfredo begleiten mich und nun werden sie wissen, was an der Costa da Caparica passiert ist.«

Der Mann atmet schwer. Er möchte eine Pause machen und von dem Tee nehmen. Dazu einen Keks. Weil er zu hastig trinkt, verschluckt er sich. Isabel klopft ihm den Rücken, aber es nützt nicht viel. Der alte Herr muss sich bewegen, steht auf, macht ein paar Schritte auf die Haustür zu, öffnet sie einen Spalt breit und atmet die frische Luft ein. Zum Schluss, bevor er sich setzt, hält er sich sein Taschentuch vor den Mund.

Niemand sagt etwas. Das Eigentliche wird er nun ansprechen zum Thema Familie. Dass es besonders in Familien keine heile Welt gibt, ist Nicola während dieses langen Winters klar geworden. Jeder hier im Raum wird seinen Teil dazu beitragen können. Einmal schaut Nicola Jonas ins Gesicht. Von ihm weiß sie gar nicht viel. Hat er Vater und Mutter zu Hause? Gibt es Geschwister? Wie stellt er sich seine Zukunft vor? Vielleicht will er den Holtmann-Hof übernehmen? Dann entdeckt sie eine seltsame Stofftasche neben dem Kamin, aus dem ein altes Holzteil ragt: Manuels Grabkreuz wohl, das die Portugiesen dort abgestellt haben, als sollte es verbrannt werden.

DER BRUDERKAMPF

Ein tiefer Seufzer ist zu hören. Man muss nicht lange raten, wer ein solches Geräusch zustande bringt. Herr Alkazar hat sich wieder gesetzt. Ehe sich Jonas richtig besonnen hat, beginnt der alte Mann stoßweise zu reden und Jonas übersetzt weiter:

»Damals bekamen wir einen so heißen Sommer, als säßen wir auf einem Vulkan. Unser Vater war mit meinem älteren Bruder zu einem Geschäftskollegen in der Vorstadt gegangen. Meine Mutter besuchte eine Nachbarin mit unserer ganz kleinen Schwester, die uns damit nervte, dass sie draußen immer Treppenkrabbeln üben wollte und kaum zu halten war. Unsere große Schwester Torra wollte ins Geschäft gehen, weil es ihr da interessanter vorkam als zu Hause. Sie war außerdem in irgendjemanden verliebt, glaube ich, der auch immer im Laden herumstand.

An dem Nachmittag ritt mich der Teufel.

›Pass, auf, wir machen jetzt was: Du weißt doch, wo Mama das Geld versteckt hält?‹, fragte ich Manuel. Er nickte wichtig mit dem Kopf. ›Wir machen uns einen guten Tag. Alle sind weg, was sollen wir hier allein anfangen? Wir nehmen das Geld – nicht alles natürlich, es soll erst mal nicht auffallen, weißt du? Wenn du es hast, holen wir das Auto. Ich kann fahren, das ist ja klar oder etwa nicht?‹ Ich sah ihn drohend an. Er hob die Schultern, das bedeutete ›Klar!‹

›Und dann machen wir uns einen tollen Tag an der Steilküste. Du kennst die Gegend, da geht immer ein frischer Wind. Unten am Strand gehen wir baden. Es braucht alles nicht lange zu dauern, Papa wird nicht so schnell merken, dass das Auto nicht da ist. Bestimmt hat er auch mit den Leuten da, wo er ist, einen Schluck getrunken, das macht er ja zu gern. Hast du verstanden?‹ Ich sprach streng mit ihm. Wie ein Älterer eben mit einem Jüngeren redet.

Er lachte ein bisschen schief, vielleicht mir zuliebe. Kam ihm mein Vorschlag vielleicht seltsam vor? Egal – dann machten wir uns auf den Weg. Zuerst kamen wir innerhalb der Stadt bis zum Bahnhof schlecht voran. Ich habe zwei Mal den Motor abgewürgt. Nachher ging es umso besser. Ich fuhr wie besessen. Er sollte mal sehen, was ein ganzer Kerl kann. So einer war ich damals, hört ihr das? Wie oft habe ich mich für mein Verhalten geschämt, dafür, dass ich ihn irgendwie von mir endgültig wegdrängen wollte. Ich habe ihn absichtlich hinters Licht geführt.«

Herr Alkazar steht schon wieder an der Tür, sieht Nicola, als sie aufschaut. Abrupt, wie unter Zwang nimmt er erneut Platz und stößt Jonas mit dem Ellenbogen an, weiter zu übersetzen.

»Die portugiesische Küste fällt an einigen Stellen steil ab. Mama mag nie nach unten schauen, aber ich hab keine Angst. An einer solchen Stelle hielt ich an und parkte den Wagen auf einer braunen Grasfläche: Alles war schon verbrannt in diesem Sommer. Ich wies Manuel an, seine Badesachen aus dem Auto zu nehmen, um unterhalb an einem sandigen, flach abfallenden Hang ins Wasser gehen.

Wir waren schon ein Stück gegangen, da fiel mir ein, dass ich die Autotür nicht abgeschlossen hatte. Ich gab Manuel den Schlüssel und bot ihm gönnerhaft an: ›Schließ du ab, ich hab keine Lust, aber beeil dich!‹, und warf ihm den Schlüssel zu. Ich lächelte ihn sogar noch an. Er fing den Schlüssel auf, der an einer Kordel hing und stutzte. Misstrauisch starrte er mir für Sekunden ins Gesicht. In dem Moment war ich nicht so schlau, mir darüber Gedanken zu machen. Keuchend rannte er los zum Auto. Im Nullkommanichts kam er schon auf dem Hosenboden von oben her an gerutscht. Er strahlte: ›Gut, was?‹, meinte er – anscheinend zufrieden, als könne nichts zwischen uns geschehen, nach dem Motto: alles gut!

Dann ins Wasser hinein. Ab und zu irrte mein Blick über die Wellen, wo nur wenige Leute schwammen zwischen den riesigen Felsbrocken. Ein Junge sprang von einem der hohen Steine kopfüber ins Wasser. ›Der kennt sich aus!‹, dachte ich. Bei uns badet und schwimmt man nicht so viel wie in Deutschland. Höchstens unten an der Algarve-Küste, da ja, die vielen Touristen haben die Mode zu uns hingebracht.

Manuel und ich planschten wie die Kälber. Er kindlich begeistert, ich war mit dem Gedanken beschäftigt, dass ich diesen Bruder irgendwo zurücklassen wollte, an einer Tankstelle zum Beispiel, näher dran an der Stadt. Vorher aber noch ordentlich Eis essen und Hühnerschenkel, was weiß ich: Wir hatten ja etwas Geld. Wie viel? Ich hatte es zwar nicht gezählt, aber auf meinen Bruder konnte ich mich verlassen; er ging für mich durchs Feuer. Ich würde ihn auffordern, die Sachen zu kaufen, ich hatte in der Zeit am Auto zu tun, Reifen prüfen und so weiter. Er solle auch noch aufs Klo gehen, in der Zeit würde ich mit dem Auto abhauen. Der Fußmarsch in die Stadt würde ihn schaffen. Dann könnte er mal sehen, was man als ordentlicher Kerl leisten muss. Ein größerer Bruder hat den jüngeren zu erziehen, das ist alles. So etwas lernt man eben in unseren Familien. Na und?

So dachte ich. Das nasse Handtuch mitsamt den Sommersachen zum Anziehen hatten wir wie die Boxer um den Hals gelegt.

›Wer ist als Erster oben?‹, schrie Manuel und kroch wie irre los, dieses Baby. Ich ließ ihn Erster sein, was solls.

Dann zum Auto hin. So, aber wo war der Schlüssel? Ich hatte ihn im Sand neben meinem Platz liegen lassen, extra, um ihn zu ärgern ... Sollte er erst mal dortbleiben. Mal sehen, was passieren würde. Ich suchte ja einen Streitpunkt.

›Wo hast du den Schlüssel gelassen?‹, fragte ich gewollt aggressiv.

›Hab ich dir doch gegeben vorhin!‹, antwortete mein Bruder betroffen. Er hatte etwas in der Stimme, das mir, dem älteren Bruder, nicht gefiel.

›Nein, du lügst, ich hatte ihn nicht in der Hand, Idiot! Sofort gehst du zurück und bringst ihn!‹, schrie ich noch lauter. Er trollte sich, ging absichtlich langsam und rutschte dann mühsam abwärts zu unserem Platz hinunter. Einmal schien er vornüber zu fallen. Ich rief ihm ›Tempo!‹ nach, aber er drehte sich nicht um. Wie in Zeitlupe in einem Film robbte er sich weiter. Wenn ich geahnt hätte, was er in der nächsten halben Stunde an Widerstand gegen mich auffahren würde, ich hätte mir meinen dummen Unmut aus dem Kopf geschlagen und an unseren einen Lehrer gedacht, der Kommunist war und während des letzten Jahres berühmt wurde in Portugal. Sein Spruch war: ›In der Familie muss man zuallererst solidarisch sein, wir müssen umdenken lernen!‹ Später saß er im Gefängnis, was weiß ich.

Manuel kam mit dem Schlüssel in der Hand Schritt für Schritt zurück. Neben dem großen hing noch ein kleiner Schlüssel für den Tank daran. Den ganzen Bund ließ er lässig baumeln, so schien es. Jedoch habe ich niemals sein Gesicht vergessen, mit dem er mir näher rückte.

Zentimeter für Zentimeter hob er die Hand mit dem sperrigen Ding und schlug ihn mir voll ins Gesicht. Im selben Augenblick stürzte Blut aus meiner Nase und lief wie ein Bach in mein offenes Hemd hinein. Auch er hatte sich Sachen übergezogen, trug sogar die lange Sommerhose, in deren hinterer Tasche das Geld stecken musste.

›Du Hund!‹, fuhr es aus mir heraus. Ich packte ihn hart an. Ich merkte, für meinen Bruder war das Maß voll. In ihm waren während der kurzen Zeit eben seine Zuneigung und all sein Vertrauen in meine Person in Wut umgeschlagen – und in Kraft. Seine Muskeln schienen unter der zarten Haut zu schwellen. Wo ich ihn auch zu fassen versuchte, er entglitt mir. Dann war er an der Reihe. Mit aller Gewalt. Zuerst kniff er mich innen in der Leistengegend, wo mein kostbarstes Körperteil reagierte wie verrückt. Seine Fingernägel waren wie Sägen. Ich bekam aus dem Stand heraus eine rasende Angst um mich selbst. Er setzte Waffen ein, auf die ich nie gekommen wäre. In einer kurzen Sekunde öffnete ich meine Augen, um mein Staunen über ihn loszulassen. Er spuckte mir ins Gesicht, zweimal. In der Zeit hatte er schon eine Beinsperre gemacht. Wollte der Kerl mich die Klippe hinunter drängen? Das ging zu weit.«

Herr Alkazar beginnt zu schnaufen, als müsste er den Kampf noch einmal bestehen. Dann beginnt er zu weinen. Er kann sich erst beruhigen, als Michael Holtmann ihm von hinten die Hand auf die Schulter legt und murmelt: »Ist ja gut, mein Lieber!«

Nicola wagt kaum, den anderen im Raum ins Gesicht zu sehen. Waldi beginnt seltsamerweise zu bellen. Aber nur kurz. Dann hoppelt er zur Tür, vielleicht, weil er »das Örtchen« aufsuchen muss. Sven steht mühsam auf, um ihn nach draußen zu lassen. So kann er sich eine Zeit lang vor die Tür neben den Rosenstock setzen. Frau Schmidt schenkt allen Tee nach. Jetzt räuspert sich der alte Herr, zerrt sich den engen Kragen auf und schaut Jonas an.

»Geht noch«, meint der. Die Geschichte muss zum Ende kommen, findet er wohl. Auch seine Stimme krächzt ein wenig. Herr Alkazar putzt sich die Nase und spricht weiter.

»Als ich damals in unserer Kindheit – obwohl ich bereits siebzehn war und fast erwachsen – schon halb über dem Rand der Klippe hing, wusste ich, dass es ab nun um alles ging, um Leben oder Tod.

Der gerade erwachte Hass meines Bruders war auf alle Fälle tödlich an diesem steilen und deshalb gefährlichen Ort. Fieberhaft überlegte ich, wie ich von ihm loskommen könnte, wollte ich ihn nicht mit in die Tiefe ziehen. Was sollte denn daraus werden? Ein Grauen durchfuhr mich. In dem Moment, als Manuel sich mit dem einen Ellenbogen über das Gesicht fuhr, vielleicht, um sich den Schweiß oder Tränen wegzuwischen, lockerte sich sein Griff. Mit den Füßen angelte ich nach einem Halt in der bröckeligen Erde unter mir, bog ihm mit einem sehr harten Schlag den Arm ganz nach oben, ließ ihn dann abrupt los und taumelte in den Abgrund. Er tat einen furchtbaren Schrei, der mir zusätzlich durch alle Knochen fuhr. Dieser Schrei quält mich bis heute. Dann fühlte ich das Aufschlagen, immer wieder das weitere Aufschlagen meines Körpers, so lange, bis ich an einem Gegenstand hängen blieb. Danach muss ich ohnmächtig geworden sein. Ich erwachte, als ich zwei Hände an mir fühlte, die mich vollends den steilen Abhang hinunterschleiften. Zwei weitere Hände fassten unter meine Arme. Unsanft wurde ich in ein Boot gehievt, wo man mich auf den feuchten Boden legte. Wieder war ich weggetreten. Erst im Krankenhaus blieb ich längere Zeit wach. Aber ich weigerte mich, zu prüfen, ob ich bei Verstand war oder nicht. Himmel oder Hölle. Ich war völlig abgedreht. Man fragte mich nach meinem Namen, ich antwortete mechanisch. Dann verschwand ich wieder in der Bewusstlosigkeit.«

»Genug erst mal, Pause!«, meint Nicolas Mutter.

»Ich habe eine Suppe gekocht – mit deiner Erlaubnis, lieber Michael, essen wir, bevor wir Abschied nehmen müssen voneinander. Wir haben alle viel Kraft gebraucht. Nicola, hilfst du mir, den Tisch zu decken?«, fragt Eva Schmidt.

Schweigend nimmt jeder einen Stuhl und setzt sich an den langen Esstisch. Alfredo und Isabel sorgen sich um den Großvater. Isabel nimmt seine Hand, Alfredo fasst seinen Ärmel zur Beruhigung. Er ist erschöpft und lässt sich mehr schleppen, als dass er selbstständig gehen kann. Nicolas Mutter Hanne rückt ihm den Teller zurecht, als er endlich ruhig am Tisch sitzt. Sie prüft sogar seinen Puls. Wenn er sich erholt hat, wird alles gut sein. *Ein Glück, dass er die Geschichte losgeworden ist*, denkt sie.

»Das kommt mir so vor, als würde ich euch von meiner Reise nach Ägypten erzählen«, meint sie ein Stück zu laut. Aber niemand reagiert. Nicola nähert sich Jonas und legt für einen kleinen Moment ihre Wange an sein Gesicht. Sie hat Mut gefasst, nachdem sie die Mutter so schwach gesehen hat im Wald. Verzweifelt will sie nicht sein. Sie, Nicola, wird immer öfter von vornherein das Richtige tun, das, was im Moment dran ist, cool bleiben und doch nicht cool.

Diese Mischung. Sie ist ziemlich begeistert von Jonas' Leistung. Sie flüstert ihm zu: »So eine Geschichte, was? Endlich weiß ich nun Bescheid über Tiger-Manuel und kann alles einordnen, was Sven mir erzählt hat. Wie gut du übersetzen kannst, das ist toll. Das habe ich gar nicht geahnt. Die ganze Zeit über habe ich deiner Stimme gelauscht!«

Jonas setzt ein Grinsen auf wie ein Clown. Ziemlich hastig greift er nach einem Wasserglas auf dem Tisch und trinkt gierig, wie halb verdurstet, das ganze Glas leer. Dann setzt er sich und atmet tief durch.

Am Tisch horcht Nicola auf das melodische Klingeln der Löffel am Tellerrand. Wie ein Minikonzert. Ein Abschlusskonzert.

»Ich danke. Es ist gut zu einem Teil«, sagt Herr Alkazar auf Deutsch. »Warum aber Tiger- Manuel?« Er legt seinen Löffel auf dem Tellerrand ab. Allmählich wollen auch die anderen erzählen, Michael Holtmann zuerst. Er muss wieder Jonas bitten, zu übersetzen, oder auch Hanne, abwechselnd möglichst, und er beginnt: Wie er Manuel halb verhungert und verkommen auf dem Nürnberger Bahnhof vorgefunden und ihn mitgenommen hat. Damals lebte seine Frau noch, Jonas' Tante. Sein Freund, der Arzt, der jetzt auch alt geworden ist, hat ihnen geraten, den Jungen gesund zu pflegen, bis sie ihn dem Meldeamt vorstellen sollten. Manuel hatte keine Papiere und konnte weder Deutsch noch Englisch sprechen. Allmählich habe er ein paar Brocken Deutsch gelernt. Er sei liebevoll gepflegt worden. Nach einiger Zeit ging er auch draußen herum, er ging und ging, zuerst die Straßen entlang, vielleicht um zu sehen, wo er überhaupt gelandet war. Danach immer lieber in den Wald, erklärte Holtmann. Zum Schluss fragte er Sven: »Nicht wahr, Sven?« Er streckte den Kopf ziemlich weit vor und wendete ihn vor und zurück, als rissen ihn viele Fragen in verschiedene Richtungen. »Blieb er länger aus, machten sich alle Sorgen um ihn, stimmt doch, Sven? Im Grunde genommen bezog sich der Name ›Tiger-Manuel‹ auf das Herumlaufen. Er muss auch starkes Heimweh gehabt haben, denn er schluchzte abends in sein Kissen, das meine Frau morgens nass vorfand. Aber statt zu Kräften zu kommen wurde er schwächer, bis Dr. Elsner jeden Tag kommen musste. Einmal zog er seinen eigenen Pass aus der Tasche, zeigte ihn dem Jungen und fragte: ›Du hast keinen Pass, keine Papiere?‹ Manuel schüttelte den Kopf, zuckte mit den Schultern und schaute unglücklich um sich. Dann nahm er ein Blatt Papier und zeichnete die iberische Halbinsel auf. Er zeigte auf Lissabon und begann wiederum zu weinen. Er war einfach krank vor Heimweh und hatte zu lange gehungert unterwegs. Wer weiß, wie er sich durchgeschlagen hat, als Kind, das er war. Sechzehn Jahre zum Schluss! Als er eines Morgens nicht aus seinem Zimmer kam, gingen wir hinein. Er lebte nicht mehr. Wir haben lange um ihn getrauert, so als wäre er unser eigener Sohn. Leider haben wir keine Kinder. Aber Jonas ist oft bei uns. Er wird vielleicht später einmal hier wohnen, wenn ich richtig alt geworden bin!« Er hüstelt und schluckt. Dann wendet er sich dem Erzähler zu. »Herr Alkazar, wir danken

Ihnen für Ihr Vertrauen. Kommen Sie wieder einmal her nach Unterhofen. Wir würden uns freuen!«

Sven hält während der letzten Sätze den Kopf gesenkt. Endlich bestätigt er die Geschichte: »Alles richtig gesagt, Holtmann. Er hat mich an mich selbst erinnert. Ich habe auch noch immer Heimweh nach Norwegen und weiß nicht, ob ich hier oder in meiner Heimat bei meinen Eltern begraben werden will!«

»Richtig. Weißt du was, Sven, wir werden demnächst mal in Norwegen Urlaub machen, wir beiden Freunde. Dann kannst du dich umgucken und überlegen, wo du letztendlich bleiben willst. Ja? Es muss mir nur wieder richtig gut gehen. In Ordnung?«

Sven sieht ihn lange an. Schließlich fragt er: »Und was wird in der Zeit aus Waldi?«

»Der?«, fragt Holtmann zurück, »kann seine Freundin Nicola nicht für ihn sorgen? Dauert doch keine Ewigkeit, bis wir wieder zurück sind!«

DER ABSCHIED

Auch Hanne Meyenstett sitzt ganz in Gedanken da, die in ihrem Kopf herumgeistern. Dabei war sie bis vor kurzem der Mittelpunkt hier. Mit einem gewaltigen Schrei vor ein paar Tagen endeten fürs erste ihre schlimmen Erlebnisse. Nun tritt sie still auf den gepflasterten Hof, wo gerade der Menschenhund Waldi angehoppelt kommt. Er beschnüffelt ihre Füße, die in alten Schuhen stecken und bestimmt muffig riechen. Sie hat das Schuhwerk aus dem Schrank gezogen, der oben auf dem Boden alles aufnimmt, das man nur im Notfall gebraucht. Ist jetzt ein Notfall da? Vor ein paar Tagen ja – vor dem Schrei im Wald.

Die portugiesischen Besucher betreten der Reihe nach den Hof, voran Alfredo und danach Isabel. Auf jeder Treppenstufe, die hinunter führt, bleiben sie stehen, um auf ihren Großvater zu warten. Endlich sind alle unten angekommen. Nun schauen sie sich um auf dem Gehöft. Herr Alkazar überprüft den Sitz seines Anzugs. Er verstaut sein Taschentuch, mit dem er sich vorhin in bestimmten Abständen über Gesicht und Nacken gefahren war. Er klopft Weste und Jacke in die gebührende Form und räuspert sich zum Schluss. Er hat viel geleistet. Man hat hier von seiner Schuld erfahren, die ihm besonders in seinen Träumen übermäßig zu sein schien. Er hat keinen Schrei getan, aber immerhin von Manuels Schrei am

Klippenrand erzählt. Eine Last ist von ihm abgefallen. Aber nur ein Teil der Last, denn eigentlich versteht er immer noch nicht, wo die alten Ordnungen geblieben sein könnten, die besagen, dass die jüngeren Menschen den älteren einfach so Respekt zu zollen haben.

Übermorgen werden sie mithilfe der schnellen Züge in Lissabon ankommen. Dann geht das Leben weiter.

Als Eva Schmidt und Nicola mit dem Abräumen fertig sind, erscheinen sie beide zugleich in der ziemlich weitläufigen Haustür zum Hof hin. Waldi hat Nicola schon entdeckt. Er steht vor der unteren Treppenstufe und bellt sein »Wau« (komm runter!). Das tut Nicola. Sie setzt sich vor ihm nieder auf den kalten Beton, damit er auf ihren Schoß springen kann. So sitzen sie, bis Sven erscheint. Mit dem Stock tastend beendet er das Kunststück des Treppensteigens. Er hat sich wieder gefasst, als er seinen Hund sieht. Der wedelt, so gut es geht, auf Nicolas Schoß mit dem Schwanz. Endlich springt er auf und wedelt sich zu seinem Herrchen vor. Ist sein Herrchen traurig? Es sieht so aus!

Frau Schmidt gibt ohne Worte, aber sehr herzlich jedem die Hand und sagt Bescheid: »Ich muss hinüber zu Annalena Franzen, sie wartet auf mich! Alles Gute, Adieu!« Nicola überlegt, ob sie nur immer hilft und niemals weint oder gar schreit bei dem vielen Elend, dessen Zeugin sie schon war, zum Beispiel in der Schule kürzlich? Irgendwann wird Nicola es erfahren, da ist sie sicher.

JONAS

Jonas erscheint in der Tür. Er überspringt immer eine Stufe und steht plötzlich vor Nicola.

»Ich bringe die drei noch nach Laubheim zum Bahnhof, bin bald zurück!«, lacht er. Er ist froh, dass alles gut gegangen ist, obwohl sein Onkel sich sofort oben auf das große Ledersofa gelegt hat mit der Hand über den Augen. Jonas hat aus dem Schrank eine Wolldecke gezogen und ihn damit zugedeckt. Das erzählt er, während die Portugiesen sich in das geliehene Auto setzen. Dann fragt er Nicola: »Sehen wir uns morgen noch?«

»Ja, bestimmt«, antworte sie sofort.

»Sehen wir uns auch übermorgen?«

»Ja«, lacht sie, froh darüber, dass er solche Wünsche hat.

»Für die Rückfahrt von Laubheim nehme ich den Bus!«, sagt er zum Schluss.

Nicolas Mutter ist noch einmal ins Haus zurückgegangen. Als das Mädchen nachsehen geht, wo sie geblieben sein könnte, entdeckt es die Mutter auf dem Sessel neben dem großen Sofa, auf dem Michael Holtmann ausruht. Sie beugt sich über ihn. Er streicht ihr mit der Hand ein paar Haare aus der Stirn. Sie sieht, wie ihre Mutter sich ganz nah über ihn beugt und ihn küsst.

Verlegen schaut Nicola beiseite. Wie sich doch jeder die unbedingte Nähe eines anderen Menschen wünscht. Aber ob man den anderen gleich küssen sollte? Andererseits: Wenn der Partner, in diesem Fall die gestorbene Frau, gar nicht da ist? Kann sie das alles verstehen? Den liebsten Menschen verlieren ... Aus der Heimat flüchten müssen ... Heimweh haben! Mitten in ihrem Gedankenschwarm fliegt ihr Blick quer durch den Raum und fällt auf die Stofftasche mit den Holzresten von Manuels Grab neben dem Kamin. Endlich richtet ihre Mutter sich auf. Wie spät mag es sein? Taumelig steuert sie ihr Kind an, die wartende Nicola. Die hebt den Arm und lenkt den Blick der Mutter auf die Stofftasche. Sofort stürzt sie zur Tür, aber das Auto ist bereits abgefahren. Ratlos schauen sie einander an. Dann breitet die Mutter ihre Arme aus und ruft laut: »O weh, O weh! Da ist nun nichts mehr zu machen. Aber was hängt denn auch am Holz? Michael wird es richten, jetzt soll er schlafen!«

Als sie gleich darauf noch einmal zum Abschied auf dem unebenen Pflaster des Hofes stehen, sehen sie den alten Sven mit Waldi langsam auf die kleine Wohnung mit dem Rosenstock zugehen.

Eigentlich ist er arm dran. Von allen hat er Nicola berichtet bei den gemeinsamen Wegen zum Friedhof hinauf. Unvergesslich! Aber was hat er denn davon?

»Warte mal kurz, Mama, ich bin gleich zurück.« Schon ist sie hüpfend von Stein zu Stein hinter ihm her. Nun hat sie ihn eingeholt, ihren Arm unter seinen Ellenbogen geschoben und umarmt ihn, so gut es eben geht. Die Mutter hört einen Dank heraus aus dem, was dort in Eile gesprochen wird.

MUTTER UND TOCHTER

Den Weg zum Haus der Großmutter gehen Mutter und Tochter gemeinsam, aber nicht Arm in Arm, wie vor langer Zeit einmal. Das geht nicht, finden nun wohl beide. Da ist so viel zwischen ihnen. Wie soll man das alles beiseiteschaffen? Es wird noch dauern.

»Du kennst hier viele Leute, magst du die? Björnson, Fredy, Eva Schmidt und deren Mutter Annalena, mit der die Oma dauernd zusammenhängt und Gift sät? So ist das ja nun mal auf dem Lande, die Menschen kommen über das Alltägliche nicht raus!«, beginnt die Mutter. Nicola wartet. Was soll sie antworten? Viele Sachen fallen ihr zugleich ein. *Irgendwie ist die Frage richtig daneben*, findet Nicola und antwortet einsilbig: »Ist das so? Siehst du das so verdreht irgendwie?« Die Mutter antwortet: »Eigentlich möchte ich wissen, ob du mich gar nicht vermisst hast die ganze Zeit über, als ich Papa hinterherfuhr?« Nicola hat eine Gegenfrage: »Hast du mich denn nicht vermisst? Ich habe den ganzen Winter über gewartet, nur gewartet. Und warum hast du überhaupt so schrecklich geschrien? Das hat mir total den Schock versetzt!«

Die Mutter bleibt stehen und wartet ab, was sie sagen soll, dann meint sie übermäßig ruhig: »Wenn du mit gar nichts mehr klar kommst, dann bleibt nur noch ein Schrei!«

»Ach so?«, entgegnet Nicola reichlich hilflos und zugleich ärgerlich. »Dann hätte ich ja auch den ganzen Winter schreien müssen. Das ist doch gar nicht möglich!« Den Rest des Weges gehen sie schweigend nebeneinander her. Endlich bestellt Nicola, was die Oma ihr aufgetragen hat: »Du sollst in Hannover in Papas Firma anrufen. Papa ist krank zurückgekommen, glaube ich. Ich sage dir gleich, Mama: Eine Zeit lang möchte ich noch bei Oma bleiben. Sie mag nicht allein sein, das weiß ich. Sie war richtig schlimm dran, keiner von euch hat sich gemeldet. Die Firma hat sie nur so obenhin beruhigt. Vielleicht braucht sie mich? Ich kenne mich ja sogar mit ihrem Garten aus und kann ihr auch in der Küche helfen. Und die Schule besuche ich einfach weiter. In der letzten Zeit mit Frau Gross war ich richtig gut! Außerdem Mama, was soll die Frage überhaupt, die du mir stellst, ob ich dich nicht vermisst hätte. Weiß eine Mutter nicht, dass sie sofort vermisst wird, wenn sie einmal länger weg ist?«

Jetzt sind die beiden am Gartentor angekommen. Fredy ist bei der Arbeit. Nicola schaut aus Spaß über den Zaun, reckt sich hinüber und fragt: »Na, Fredy, reißt du auch nicht meine Karotten aus?« Er lacht, lässt die Hacke fallen und antwortet: »Ihr seid ja immer am Spazierengehen, auf dem Friedhof und so. Na, ich bin gern hier, hab selbst keine Oma zu bieten, weißt du ja, Nicola, oder?«

Die Mutter schaut. Sie nimmt zwei Zaunlatten zugleich in die Hand und erklärt gerade heraus: »Das Kind will hierbleiben, wenn ich nun nach Hannover fahre, weil der Vater endlich gekommen ist. Leider verletzt. Sollte ich erst mal vorfahren und nach allem sehen bei uns zu Hause in der Stadt. Vor allem, weil Nicolas Vater im Krankenhaus liegt. Das Mädchen kann vielleicht ganz selbstständig nachkommen, wenn es an der Zeit ist? Kannst du dir so was vorstellen?« Sie lässt die Zaunlatten los und beugt sich nun auch richtig weit vor, um Fredy mit dem Anflug eines Lächelns anzuschauen. Fredy ist ganz schön überrascht, entdeckt Nicola. Dann spricht er eine Art Schlusswort: »Hier würde sich jeder freuen, sogar Svens Hündchen.«

WEITERE BÜCHER VON ILSE BEHL IN DER SCHATZKISTE:

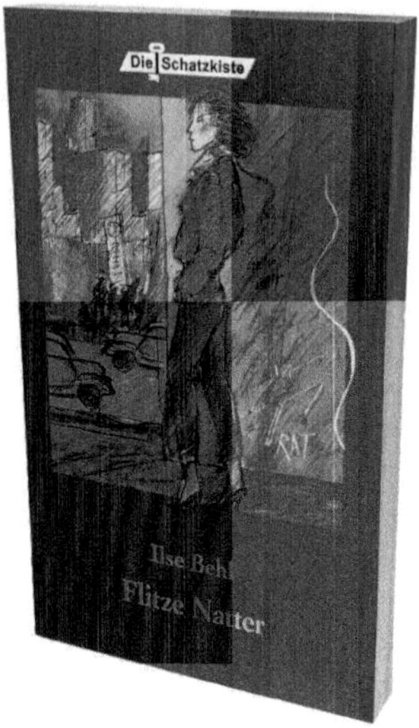

FLITZE NATTER

Nach der Scheidung seiner Eltern zieht Thorsten in einen neuen, »billigeren« Stadtteil. Die Ereignisse dort scheinen in einer anderen Welt zu spielen. Ein türkischer Kaufmann verschwindet spurlos und auch das Mädchen, das Thorsten kennen lernt, macht ihm ganz schön zu schaffen. Nathalie, die Flitze, fasziniert ihn durch ihr selbstsicheres Auftreten. Doch mit seiner Art – immer bereit zum Rückzug – kommt Thorsten bei ihr nicht weiter ...

76 S., Paperback, ISBN 978-3-86520-336-6

Gewitterluft

Irgendetwas muss passieren!«, denkt sich Eike, denn zu Hause hält sie es nicht mehr aus. Da lernt sie den alten Ernst kennen. In seinem Garten, mitten in einer Hochhaussiedlung, treffen sich viele Jugendliche. Aber das Paradies ist in Gefahr. Eike beginnt nachzudenken – auch über Önder, in den sie sich verliebt.

92 S., Paperback, ISBN 978-3-86520-035-8

Ich bin dir auf der Spur

»Dreh nicht durch, befehle ich mir, denk richtig nach!« Der 15-jährige Gerit sitzt ganz schön in der Klemme. Erst ist da sein Bruder, der ihm einfach nicht verraten will, womit er so unanständig viel Geld verdient. Dann befindet sich Gerit auch noch in der zweifelhaften Situation, in einem alten Speicher eingesperrt zu sein und er ist nicht allein. Ein fremdes Mädchen sitzt neben ihm, hat seinen Kopf an Gerits Schulter gelehnt und bringt ihn total aus der Fassung.

»Ich bin dir auf der Spur« ist eine Geschichte von Freundschaft, Abenteuerlust und erster Liebe zwischen rosa Strähnchen und Bananenkai, an deren Ende Gerit nur noch kopfschüttelnd konstatiert: »So viel Zeug und Chaos erlebt man normalerweise im ganzen Jahr nicht.«

104 S., Paperback, ISBN 978-3-86906-037-8